出来損ないと呼ばれた元英雄は、実家から追放されたので好き勝手に生きることにした 6

紅月シン

TOブックス

目次

これまでのお話

国々への侵略や陰謀を繰り返す正体不明の種族“悪魔”。その拠点であった大聖堂にて、悪魔と化した教皇を打ち倒したアレンたちは、ついに騒がしくも平和な日常を手に入れた――はずだったが、目覚めたアレンには、直前の記憶が全て失われていて……？

旅の仲間

アレン

ヴェストフェルト公爵家の元嫡男。神の祝福であるギフトを得られず、「出来損ない」とされ実家を追放された。前世では、異世界を救った英雄。今世の目標は、平穏な生活を送ること。

リーズ・ヴェストフェルト

アドアステラ王国の第一王女だったが、王継承権を放棄してヴェストフェルト公爵家の当主になった。アレンの元婚約者。ギフト「星の巫女《オールインワン》」を持ち、傷を癒す異能ゆえに巷では聖女とも呼ばれている。

ノエル・レオンハルト

エルフの鍛治師。腕は一流以上。唯一のハイエルフで、先天性のギフト・妖精王《グラム》の瞳《サイト》を持つ。リーズの友人で、アレンと旅をしていたはずだったが……？

悪魔

世界に反逆するモノ。ギフトを持たず、スキルと呼ばれる力を用いる。

ソフィア

悪魔の女。アレンとは一時的に協力し合った仲。

ベアトリス・アレリード

王国最強の一角とされるリーズの専属近衛だったが、公爵家当主となったリーズの下で代理業務をこなしていた。

大聖堂

教会の総本山。あらゆる権威から独立して存在しており、絶対不可侵といわれる世界においての中立地帯。悪魔と手を組んでいた教皇はアレン達により滅ぼされたが……？

アマゾネス

イザベル

悪魔に囚われていたアマゾネスの村長。

クロエ

悪魔の拠点でアキラが拾ってきたアマゾネスの少女。ミレーヌの友人。

アンリエット

アレンが記憶をなくす前の世界では、元リンクヴィスト侯爵家の令嬢だった。前世は「神の使徒」だが……？

アキラ・カザラギ

ギフト『勇者《ブレイバー》を持つ、今代の勇者。異世界から召喚されたのち、アレンらと出会い共闘する仲となったが……？

ミレーヌ・ヘーグステット

悪魔の奴隷にされていたアマゾネスの少女。アレン達に救い出され、ノエルの元で働いていたが……？

イラスト／ちょこ庵
デザイン／舘山一大

繋がらない記憶

――勇者という存在に対して、不思議に思ったことはないかい？

勇者と呼ばれていながら、彼女はこれまでの間にこれといったことを成してはいない。

わざわざ異なる世界から喚《よ》ばれているにもかかわらず、だ。

もちろん、本気で何もしていないなどと言うつもりはないよ？

彼女によって助けられた命は沢山あるし、彼女によって阻《はば》まれた悪事はいくつもある。

それは確かに素晴らしいことだ。

けれどそれは、本当に彼女でなければならなかったのだろうか。

生まれ育った世界を、自分以外の全てを捨ててまで、果たさなければならなかったことなのだろうか？

いいや、そうではない。

そんなわけがない。

そもそも勇者の役目というのは、本来世界を救うことだからね。

彼女の果たす偉業《いぎょう》が、その程度のことのはずがないのさ。

もっとも、最早その偉業が果たされることはないだろうけど。

他でもない、本来この世界にいるはずのなかった人物に、その役目を奪い取られてしまったのだから。

……いや、奪い取られた、というのは言いすぎかな？

さすがにそれは穿《うが》ち過ぎというものだ。

彼に悪気がなかったことは分かっているよ。

それでも、やっぱりちょっとね……彼女にその役目を与えた張本人としては、色々思うところがあるわけさ。

ああ、もちろん君に関しても同じだよ？　――星の巫女《オールインワン》。

勇者と共に世界を救うはずだった君が、本来得るはずだった賞賛《しょうさん》を得られなかったことに、ボクはそれなりに憤《いきどお》っている。

だからこそ、ボクは君にこう提案しようじゃないか。

――ボクと共に、世界をあるべき姿に戻さないか？　とね。

彼がいなければ叶うはずだった、正しき世界へと。

†

ふと目を覚ますと、アレンの視線の先にあったのは見知らぬ天井であった。

数度瞬きを繰り返した後で、首を傾げる。

「えっと、ここは――っ!?」

ここがどこなのかを思い出そうとした瞬間、軽い頭痛に襲われた。

幸いにもすぐに治まったものの、嫌な感じのする痛みに顔をしかめる。

「うーん……二日酔い、ってわけじゃないよね？　お酒を飲んだ記憶はないし……って、いや、あれ？」

冗談交じりに呟《つぶや》いた瞬間、気付いた。

もしかしたら、冗談では済まないのかもしれない。

寝る前の記憶が、まるでなかったからだ。

「それどころか、下手をすれば寝る前どころの話じゃないかな、これは……」

何せアレンの記憶の通りならば、アレンは辺境の街にいるはずなのだ。

だが。

「……どう見ても、辺境の街ではないよねえ」

起き上がり、窓の外を眺めてみれば、明らかに辺境の街とは異なる光景が広がっていた。

辺境の街よりも栄えているし、建物の形なども異なる。

いや、それに何より、気のせいでなければ、アレンはその光景に見覚えがあった。

「王都、だよね……多分」

アドアステラ王国王都、カルディア。

アレンも王都のことにそこまで詳しいわけではないが、おそらく間違いないだろう。

だが、アレンに王都まで来た記憶はない。

「……酔って昨日の記憶が丸ごとなくなった……？　んー……ありえないとは言わないけど……」

正直アレンは、あまり酒が好きではない。

飲めないわけではないのだが、以前付き合いで飲んだ際、翌日に二日酔いになってしまったせいであまりいい印象を持っていないのだ。

だから好んで飲むことはないし、記憶を失うほどとなると尚更である。

「とはいえ、記憶がないのも事実だからなぁ……」

しかも、寝る前の記憶だけならばともかく、アレンは王都に来た記憶すらないのだ。

辺境の街から王都までは一日二日程度で移動出来る距離でもない。

まあ、そこはアレンならば可能ではあるが、逆に言えば、アレンが自ら望んで来たということでもある。

そして、その後記憶を失ったということで――

「……ま、考えても分かりそうにない、か」

思い出す気配もないし、これはもうこれ以上考えたところで無駄だろう。

アレンはあっさりそんな判断を下した。

それは開き直りにも近かったが、そんな判断を下せたのも、特に危機感は覚えなかったからだ。

敵意のようなものは感じられず、記憶がない以外の害もない。

そもそもアレンがいるのは、どうやらどこかの宿の一室のようなのだ。

盗られた物などもなさそうで、剣もベッド横に立てかけてある。

そんな状況だからこそ、これならば考え込む必要はあるまいと、そう判断を下したのだ。

「そして考えても分からないのなら、分かる人に聞けばいいだけのことだしね」

何となくではあるが、アレン一人だけで王都に来たとは考えづらい。

となれば、誰かが一緒ではあるだろう。

それが誰だかは分からないものの、ここが宿ならば別の部屋に泊まっているはずだ。

まずはその誰かを探し、それから話を聞けばいい。

それで解決だ。

そう思ったアレンは、素早く準備を整えると、少し足早に部屋を後にした。

†

「うーん……これはちょっと厄介なことになったかもしれないなぁ……」

そんなことをぼやくように呟きながら、アレンは画面の宿を眺めつつ頭を掻《か》いた。

その宿に自分が昨日泊まったことを確認したのは、今から二時間ほど前のことだ。

尋ねた宿の人は当然のように困惑していたものの、間違いないという返答をもらった。

しかし、問題なのはその後だ。

宿に泊まったのは、アレン一人だったというのである。

宿の人が嘘を吐《つ》く理由はないので、それは事実なのだろう。

だがそうなると、考えられる可能性は二つだ。

誰かと一緒には来たもののわざわざ別の宿に泊まったか、アレンが一人で王都に来たか、である。

とはいえ、前者である可能性は低く、そうなると必然的に後者の可能性が高いということになるが……それはそれでいまいち腑《ふ》に落ちなかった。

別にアレンとて一人で行動することはあるが、王都に来る用事となると思いつかないのだ。

リーズあたりのお供として来た、というのならば納得出来るのだが。

しかし、周辺で聞き込みしたところで得られたのは、その納得が出来ない結論を補強するようなものばかりであった。

いくら王都といえど、エルフやアマゾネスともなれば滅多《めった》に見かけるものではなく、リーズの銀髪もまた同様だ。

街中を歩いているだけでも目立つはずだというのに、どれだけ尋ね回ったところで、そのような人物は見かけていない、と答えられたのである。

ただ、それと共に不審な人物を見るような目でも見られたが……まあ、それは仕方あるまい。

リーズがこの王都で王女として暮らしていたのはそこまで昔のことではないのだ。

名前こそ出さなかったが、誰のことを言っているのかは分かる人には分かっただろうし、元王女を捜しているとなれば不審な目で見られて当然である。

何にせよ、知り合い達の目撃証言が得られないことに変わりはなく、そうなれば、アレンが一人

で来たという結論にならざるを得ないのだが――

「うーん……まあ、どれだけ納得ができなくとも、状況証拠が揃《そろ》ってる以上はそれしかない、か」

アレンがここまで現状を受け入れようとしないのには、もちろん理由がある。

というか、本当はとっくに分かっていた――それこそ、目を覚ました次の瞬間には分かっていたのだが、それを認めたくなかったのだ。

そう、目覚める前の記憶がないなんて、その時点で何が起こっているのかなんて考えるまでもない。

また厄介事に巻き込まれたに、違いなかった。

「未だ夢見た平穏な日々は遠い、かぁ……」

分かっていたことではあるのだが、我がことながら思わず溜息が漏れる。

果たして今度はどんな厄介事なのだろうか。

自分一人で王都に来たとなると、自分だけで十分だと思ったか、逆に自分だけの方がいいと思ったのか。

とりあえず今のところは記憶以外に問題はなさそうだが……。

「特に僕のことを見張るような気配も感じなかったし、もしかすると何か用事を片付けた後って可能性もありそうだけど……」

一瞬そんなことを考えるも、楽観視《らっかんし》するのは危険だと頭を横に振る。

誰かが共にいるのならば、その相手に確認することである程度の状況を確認することが出来たが、誰もいないのならばまだ何も解決していないという前提で行動すべきだろう。

もしも既に解決していたというのならば、それはそれでいい。

無駄な警戒をしたことになるが、その程度で終わるのならば何の問題もあるまい。

そう結論付けると、アレンは早速次の行動へと移るのであった。

†

アレンが取った次の行動というのは、動きだけで言うならばそれまでのものと大差ないものであった。

即《すなわ》ち、再び周囲の人達に話を聞いて回ったのである。

それまでと違うのは、尋ねた内容だ。

ここ最近何か変わったことがなかったかを尋ねたのである。

王都に来たということは、少なくとも王都で何かがあったとアレンが知ったということだ。

ということは、王都の人達に聞いて回れば、そのことがずばりとは分からずとも、何らかの手掛かりは掴《つか》めるはずである。


「……そのはず、だったんだけどなぁ……うーん」

結論を言ってしまえば、何の手掛かりも得ることは出来なかった。

誰に聞いても、王都は平和そのものだ、という答えしか返ってこなかったのである。

厳密《げんみつ》に言えば、本当に何も起こっていない、というわけではないようだが――

「勇者様のおかげで、かぁ……」

皆が口を揃えて返してきた言葉に、目を細める。

それは、文字通りの意味で勇者が全て解決してくれている、というわけではなく、勇者の威光《いこう》に支えられている、という意味だろう。

事実ここ最近は見かけていない、という話であったし……だがそれでも、勇者のおかげで平和だと言える程度には、その活躍が認められているということだ。

「アキラも相変わらず頑張ってるみたいだなぁ……」

一瞬そのアキラに呼ばれてきたのだろうかとも思ったが、最近姿を見ていないというのならば違うのだろう。

「これはもう、いっそのことここでの情報収集は諦《あきら》めて、一旦辺境の街に戻った方がいいのかもしれないなぁ……」

その方が結果的に早そうである。

そんなことを考えながら、どれぐらいで切り上げた方がいいだろうかと思いつつ、話しかけるのを続け――そんな時であった。

また同じような答えが返ってくるのだろうと思っていたら、ほんの少しだけ違った答えが返ってきたのである。

「何か変わったこと、かい？　いや、特には思いつかないねえ。勇者様のおかげで王都は今日も平和なもんさ。……ああ、ただ、王都じゃなくて、この国の中で、ってことなら、ちょっと変わったことはあったかもしれないねえ」

「この国の中で変わったこと、ですか？」

「まあ、アタシも詳しく知ってるわけじゃないんだけどね。えっと、あそこ……何て言ったっけか。……ああ、そうだ――ヴェストフェルト」

「――ヴェストフェルト？」

予想外の名前が出てきたことに、アレンは僅《わず》かに目を見開いた。

あそこはリーズが領主であるが、あくまで名ばかりであり、実際に政務を担当しているのは別の優秀な人だと聞いている。

さらにベアトリスも目を光らせているはずなので、滅多なことはないはずだし、実際今までも何かあったと聞いたことはないのだが。

しかし、そんな些細な疑問は、次に耳にした言葉によって吹き飛んだ。

「そうそう。新しく領主になったばかりだっていうのに、大変だよねえ。確か――ブレット様、だったかい？」

聞くはずのない名前に、アレンは先ほどの比ではないほど大きく目を見開くのであった。

ヴェストフェルト

ブレットは別に、死んだというわけではない。

本来ならば死刑でもおかしくはなかったが、事件の全容を解明するのには、情報源となる人物が必要だった。

そのため、司法取引という形で、命は助かったのである。

とはいえ、あくまで命が助かったというだけなので、自由はないに等しい。

もちろん、ヴェストフェルトの家督《かとく》を継いで領主になる、なんてことは有り得ない。

だからこそ、アレンは一瞬間違えたのかと思った。

普通に考えれば、家督を継ぐのは領主の息子である。

アレンは、ここ数年は表に出ることがなかったので、市民にはあまり名前が知られていないだろうし、そうなると領主が変わったと聞けば自動的にブレットが、と思っても不思議はない。

しかしすぐにその考えを否定したのは、名ばかりとはいえ、ヴェストフェルト家を継いだのはリーズだからである。

さすがに元王女が継いだとなれば周囲に広まるはずで、勘違いされることはないだろう。

だがそうなると……つまり、どういうことになるのだろうか。

「おや、難しそうな顔をしてどうしたんだい？　って、ああ、もしかして、ヴェストフェルトに知り合いでも？」

「……ええ、ちょっと」

「そうかい、それは確かに心配にもなるだろうねえ。とはいえ、そこまで気に病む必要はないよ。変わったこととは言ってもそこまでのことではないみたいだし、何よりブレット様は名君だって話だから」

「……そうなん、ですか？」

「ああ。若くして家を継ぐことになりながら、年相応以上によくやってるって話さ。理不尽なことはしないいし、領内で何かあったら自分が率先して動くって話だ。ヴェストフェルトは安泰《あんたい》だって、もっぱらの噂だよ」

「……そうですか」

その言葉に自分がどんな表情を浮かべているのか、アレンには分からなかった。

ただ、一つだけ分かることもある。

それは、どうやらアレンはこれからヴェストフェルトに行かなければならない、ということであった。

†

王都からヴェストフェルトへの移動は、一瞬で済んだ。

本来ならば何日も馬車に揺られる必要があるが、時間を惜しんだために空間転移で跳んだのである。

何が起こっているのかを一刻も早く確かめる必要があることを考えれば、当然のことであった。

しかし、そうして急いだのにもかかわらず、アレンは足を止めると、眼前《がんぜん》の光景を眺めながら目を細めた。

「んー……正直なところ、意外だったかなぁ……」

アレンがそんな言葉を呟いたのは、その光景に対し懐かしさを覚えたからだ。

とはいえ、何か変わったものがあったわけではない。

そこにあったのは、何の変哲もない街中の光景だ。

もっとも、久しぶりに故郷に帰ってきたのだということを考えれば不思議でも何でもないのだが
……アレンは正直、何も感じないのではないかと思っていたのである。

別に嫌な思い出があるわけではない。

だが、かといっていい思い出があるわけでもない。

神童《しんどう》と呼ばれていた頃ですら、いい思い出と呼べるようなものはないのだ。

まあ、その頃からアレンの望みは平穏な日々を過ごすことだったのだから、ある意味当然ではあるのだが。

ともあれ、そんなだからこそ、久しぶりに故郷に帰ってきたところで何も感じないのではないかと思っていたのだが……意外とそうではなかったらしい。

「……まあ、何の思い出もない、って言うと嘘になるしね。あるいは、僕が変わったってことなの

かもしれないけど……」

そこまで考えたところで、アレンは気を取り直すように息を一つ吐き出した。

今回は別に、故郷を懐かしむために来たわけでも、遊びに来たわけでもないのだ。

ここで何が起こっているのかを確かめるために来た以上、あまりのんびりしているわけにもいかない。

……ただ、思わず足を止めてしまったのは、きっと街中に漂《ただよ》っている雰囲気も理由の一つではあったのだろうが。

変わったことがあったというからどんな様子かと思えば、まるで何事もなかったかのように、平和そのものな空気が流れていたのだ。

何事もなく街中に入れたのはもちろんのこと、通りを行く人達の顔には穏やかな笑みが浮かんでおり、周囲は賑やかな喧騒《けんそう》で満ちている。

アレンが嘘を教えられたと言われた方が納得出来るような、そんな雰囲気であった。

「……さすがにそれはないだろうけど、でも本当にそう言われた方が納得出来る感じなんだよなぁ」

王都からここまではかなり離れているので、情報の伝達に時間がかかるのは当然ではある。

しかしそれを加味したとしても、ここまで聞いていた話と違うことがあるだろうか。

とはいえ、ヴェストフェルトで何かあった、なんて嘘を王都で言ったところで意味があるとも思えない。

あるいは、アレンを狙ってのことならば有り得なくもないが――

「……さすがにそれは考えすぎ、かな？」

話を聞く相手は適当に決めていたし、何よりそういった気配はまったく感じなかった。

アレンを王都から追い出すために敢《あ》えてそんな嘘を吐いた、などというのはさすがに考えすぎというものだろう。

「ま、これ以上は考えても無駄そうだし、聞いてみるしかないか」

幸いにも、話を聞けそうな相手には事欠きそうにない。

もっとも、誰でもいいというわけではないが……さて。

「んー……まあ、とりあえずあの人でいいかな？」

視線の先にいたのは、串焼きの屋台を出している男であった。

気軽に話を聞くことが出来る上、屋台とはいえ店を出しているということは、昨日今日ここに来たわけではあるまい。

買い物をしながら話を聞けば相手も無下にはしないだろうし、最初に話を聞くのに相応しい相手だろう。

……まああとは、ちょっとだけ串焼きそのものに惹かれたというのもあるが。

起きてから何だかんだで数時間が経過している。

朝食を食べる暇もなく聞き込みをしていたこともあり、そろそろ空腹を覚えていた。

半ば串焼きの匂いにつられるように近付いていけば、アレンに気付いた男が愛想のいい笑みを浮かべ声を上げた。

「お、いらっしゃい！　お兄さん、一本どうだい⁉　うちのは安くて旨いよ！」

「そうですね……じゃあ、一本ください」

「あいよ、まいど！」

そう言って笑みを深めると、男は串をあぶり始めた。

どうやら出来上がっているものを渡すのではなく、注文を受けてから作る形式らしい。

いい匂いが漂ってきて空腹が刺激される中、何気ない風を装《よそお》って男に話しかけた。

「すみません、ちょっといいですか？　ちょっとお聞きしたいことがあるんですけど……」

「ん？　出来上がるには少し時間がかかるから別にかまわねえが……俺は見ての通りしがない串焼き屋だぜ？　何を知りたいのか知らねえけど、俺が答えられることなんかたかがしれてるぞ？」

「いえ、僕が知りたいことも大したことじゃありませんから。ただ、ヴェストフェルトでちょっと変わったことがあったって聞いたんですが、実際に何があったのかは分からなかったので。ここに住んでいる人ならそれが何なのか分かるかな、と」

「ちょっと変わったこと……？　んー……んなこと言われても何かあったかねえ」

そう言って首を傾げる男は、とぼけてるわけではなく本当に思い当たることがないようだ。

ということは、本当に大したことは起こっていないのだろうか。

ブレットが領主になるという有り得ざることが起こっていることから、何かとんでもない事態が生じているのではないかと思ったのだが……。

「……ああ、そういえば、ちょっと前に帝国がちょっかいかけてきたことがあったが、もしかしてそれのことか？」

「え？　帝国が、ですか……？」

そんなことは初耳であった。

というか、全然ちょっとしたことではない、大事件であろうに。

それは下手をすれば、帝国と王国とで戦争が始まるということだ。

まだ帝国にはそんな余裕はないはずというか、まだ内部でごたついているはずだが……正直アレンは帝国の情報にそこまで詳しいわけではない。

有り得ない、と言い切ることは出来なかった。

だが。

「ああ、別に心配する必要はないぞ？　本当に帝国の兵士がちょっと小突いてきただけらしいし、その兵士達もブレット様があっさり追っ払ったって話だからな」

「ブレット、様が、ですか？」

「まったく、本当に領主様々だよ。あの方のおかげで俺達は今日もこうしてのんびり平和に暮らすことが出来てるってわけだ。前領主様――クレイグ様の頃も別に悪くなかったけど、今のヴェストフェルトは本当にいいところだぜ？」

男が何気なく言った言葉に、アレンは眉をひそめた。

ブレットが領主になったことは、百歩譲っていいとしよう。

いや全然よくはないが、あるいは、相応の何かがあれば、そういうこともあるかもしれない。

しかし、たとえそういうことが起こり得たとしても、その場合前領主となるのは、リーズのはずだ。

どういうことだろうかと思い男のことを見つめると、それをどう解釈したのか、男はアレンを安心させるように笑みを浮かべた。

「あんたが何を聞きたいのかは知らねえけど、本当に何の心配もいらねえって。ここは見ての通り、平和で賑やかな、いい街だからよ」

「……そうですか」

男の言葉に嘘は感じられなかった。

少なくとも、男自身はそれを本気で言っているようだ。

だからこそ、尚のこと腑に落ちない。

どうやら他にも話を聞いてみる必要がありそうだ。

と、そんなことを考えている時であった。

「お、ちょうどよかった。お兄さん、ちょっとあっち見てみ」

「え？　あっちって、何が――」

男の示した方角に目を向けた瞬間、アレンは思わず言葉を詰まらせた。

そこにいたのは、一人の青年であった。

まだ成人したか否かといったぐらいの見た目であり、どことなく幼さも感じさせる。

しかしそれでいて、浮かべている笑みは周囲を安心させるような力強さも感じられた。

一瞬アレンはその変わりように目を疑ったぐらいだ。

だが……間違いなくその顔は、知っている顔である。

現ヴェストフェルトの当主だという、ブレットに間違いなかった。

「アレが現当主のブレット様だ。すげえだろ？　当主様直々に、ああして毎日何か異常がないか見回ってくれてんだよ。何かあればすぐに動いて解決してくれるし、それは帝国の兵士がちょっかいかけにきたってことでも変わらない。な？　何の心配もいらねえだろ？」

男が言っている言葉を、アレンはほとんど聞いていなかった。

ブレットの姿に目を奪われ、それどころではなかったからだ。

話に聞いてはいたものの、本当にブレットがヴェストフェルトの当主をやっているというのは、それほどの衝撃であった。

そしてそれ以上に、ブレットの姿が、その周辺の人々の反応が、衝撃的であった。

男の言い方からして分かっていたことではあるが、どうやらブレットは領主として慕われているようだ。

過度に集まったりするわけではないが、人々はブレットへと暖かな笑みを向け、ブレットもまたそれに応えるように優しげで頼りがいのある笑みを浮かべている。

時折子供が手を振り、手を振り返している姿は、まさに理想的な領主の姿といったところだ。

アレンが最後に目にしたブレットの姿とは似ても似つかないそんな姿に、アレンは思わず逃げるように目をそらす。

それから、何とも言えない感情を持て余し、息を一つ吐き出すのであった。

既視感

　しばらくの間ブレットのことを遠目に眺めていたアレンは、少し考えた後で、一先ず放っておくことにした。

　明らかにおかしな状況ではあるが、住民達の反応を見る限りでは、少なくとも今すぐ何とかしなければならない状況だとは思わなかったからだ。

　ただ、アレンの記憶に続いての、これである。

　何の関係もないと考えるのは無理があるだろう。

　となれば、他にも何か起こっているのではないかと思うのは自然なことで、最も効率よく情報を集められると考えられるのは辺境の街だ。

　ということで、色々な意味で気にはなるものの、今は何が起こっているのかを探るのが先決と、とりあえず辺境の街に向かうことにしたのである。

「ヴェストフェルトから辺境の街へ、か……何となく懐かしさを感じるなぁ」

　あの頃とは何もかもが違うが、そもそも一人で行動をするということ自体が最近では珍しい状況だからだろうか。

　何となく、あの頃のことを思い出した。

家を追放されて、好きに生きることを決め、一先ず辺境の街に行くことを決めて――

「で、リーズ達が襲われてるのを見つけたんだよねえ」

本当に、懐かしい。

いや、襲われていたこと自体は懐かしいで済ませていいことではないのだが。

それでもそう思ってしまうのは、それだけ色々あったということだろうか。

実際あれから今までのことを考えれば、あのぐらいのことは序の口というものだろう。

「……まあ、そう言えるのは、ある意味では僕が当事者ではないからなんだろうけど」

アレンも関わっているとはいっても、襲われていたわけではないのだ。

襲われていたリーズ達からすれば、また別の感想が出てくるかもしれない。

「今度話のネタとして聞いてみるのもいいかもしれないなぁ」

そんなことを考えながら周囲を見渡すと、アレンはそれまで動かしていた足を止めた。

ここまで歩いていたのは、懐かしさに浸《ひた》っていたのもあるが、単純に街中で空間転移をするわけにはいかなかったからだ。

人目を避けたところで、空間転移ともなれば多少なりとも周囲に影響を及ぼしてしまう。

感覚が鋭敏《えいびん》な者であればその場で何かがあったことに気付くだろうし、余計な混乱を招くことは本意ではない。

そういうわけで、街からある程度離れるまでこうして歩いていたというわけであった。

「さて、と……何が起こってるのか分からない以上は、あまりのんびりしてるわけにもいかないしね」

必要があったことだとはいえ、ヴェストフェルトに寄ってしまったのだ。

実際にはそこまで時間はかかっていないが、時間のロスであることに違いはない。

これ以上遅くなる前に、さっさと辺境の街へと戻るべきだろう。

そうすれば、何が起こっているのか多少なりとも分かるはずだ。

少なくとも、アンリエットあたりならば、何か掴んでいることだろう。

むしろ掴んでいない場合、かなりまずい状況ということになる。

アンリエットですら分からない何かが起こっている、ということだからだ。

さすがにそんなことはないと思いたいが――

「っと、ん？　……んー、これはもしかして、懐かしいとか言ってたから、妙なフラグでも立てちゃったのかなぁ……？」

アレンがそんな言葉を呟いたのは、念のため周囲を索敵してみたところ、何やら既視感を覚えるような状況を見つけたからだ。

肉眼で視認可能な距離よりもさらに先の場所で、どこかの誰かが何者かに襲われているのを発見してしまったのだ。

まるであの時の再現のようであった。

「しかも、襲われてる人が馬車に乗っているのも同じ、か。まあ、さすがに同じなのはそこまでだろうけど」

御者《ぎょしゃ》はフードを被っているせいで顔はよく見えないが、さすがに顔見知りということはあるまい。

ただ、馬車の外装を見る限りでは、乗っているのはかなり偉い立場の人物であるようだ。

「リーズと同格……いや、下手をすればそれ以上、かな？　うーん……こっちは既に一件厄介事を抱えてるっぽいんだけどなぁ」

明らかにあっちもまた厄介事である。

どうしたものかと一瞬考えたが、どうせ色々な意味で今更だ。

ここで一つや二つ厄介事が増えたぐらい、大差はないだろう。

そう決めてしまえば後は早かった。

いつかのように、アレンは目を細めると、馬車が襲われている場所へと急行するのであった。

†

急に襲ってきた衝撃に、思わず舌打ちをした。

とはいえ、もちろん御者台にいる彼女に向けてのものではない。

彼女が上手くやってくれているのは分かっているし、彼女でなければとうにこの馬車は横転するなり何なりしてしまっているだろう。

だから舌打ちは、この状況を生み出してしまった自分自身に対してのものであった。

こうなることぐらい、分かっていたはずだ。

いや、まさかここまでとは思っていなかったものの、それでも襲撃自体は予想の範疇《はんちゅう》である。

だというのに、迎撃《げいげき》はおろか逃げることしか出来なかった自分に苛立《いらだ》ちを覚えているのだ。

「……まったく、これで王だなんて、笑っちゃうわ」

「……そんなことない。これは仕方ない。……そもそも、王なら何でも出来るって思う方が傲慢《ごうまん》」

「言ってくれるじゃないの……」

しかし、彼女の言う通りではあった。

王だからといって、何でも出来ると思うのも、何でも背負おうとするのも、違うだろう。

何より、そんなことを彼女に言わせてしまったことこそが、最も王として失格だ。

「とはいえ、反省したからといって、現状がどうにかなるわけではないのよね……」

「……きっと大丈夫」

「へえ……？　それは何を根拠に言っているのかしら？」

「……勘？」

「信じていいのか微妙なところのがきたわね……」

「……そんなことない。それに、普段の行いもいい」

「……なるほど。それなら確かに、大丈夫そうね」

そう言って笑みを浮かべたのは、なんだか本当に大丈夫そうに思えたからだ。

多分、彼女が心の底から言っているのが分かったからだろう。

まあ、そうは言っても、本当にこの状況で助けが来るなんて、そんな都合のいいことが起こるはずもなく――

「――まったく。ツイてないよね、お互いさ」

そのはず、だったのに。

そんな言葉と共に、先ほどまでとは異なる音が、周囲に響いた。

†

その光景を前にアレンが最初に感じたのは、驚きであった。

未だに襲われている相手のことはよく分からないが、襲っていた者――いや、「モノ」が何であるのかに気付いたからだ。

それはセカイを憎むモノであり、ゆえに世界から疎《うと》まれ嫌われるモノ。

即ち、悪魔であった。

ただ、何故それで驚いたかと言えば、悪魔とは本来非常に珍しい存在だからだ。

そもそも悪魔とは、超越《ちょうえつ》者の一種である。

超越者とは名前の通り人を超えた存在であり、使徒であった頃のアンリエットがこれに該当する。

逆に今のアンリエットは当てはまらないし、実のところアレンも超越者ではない。

人を超えた力は使えつつも、肉体的には人間であるし、何より力自体が所詮《しょせん》は借りものに過ぎないからだ。

悪魔とは使徒や、それこそ神と並び称されるような存在であり、アレンは何故か妙に関わることが多いが、一生に一度も関わり合いにならない方が普通なのである。

そして、悪魔とはセカイへの憎しみから成るものでもある。

ゆえに悪魔が取る行動とは、必然的にその憎しみを晴らすこと――セカイへの復讐となるのが基本だ。

だから、結果的に人に害を成すことにはなっても、直接的、積極的に人を襲うことはない……と、アンリエットから説明を受けたのだが――

「うーん……まあ、一言で悪魔と言っても色々いるみたいだし、そういうこともあるのかな？」

今までに知り合った悪魔の顔を思い浮かべながら、そんなことを呟いていると、土煙を上げている場所――馬車に攻撃を加えようとしていた悪魔を蹴り飛ばした場所から、立ち上がる気配と共に呻《うめ》くような声が聞こえた。

「っ……貴様、何者だ……!?」

土煙から現れたのは、二十歳ぐらいに見える外見の男であった。

どこにでもいそうな男で、見た目的に悪魔と分かるような特徴はない。

だが、超越者に類する能力を持っているためか、アレンは力を使うまでもなく男を悪魔だと認識していた。

「……いや、貴様が何者であろうと構わん。だが、我らの邪魔をするとは、どういうつもりだ……!?」

「どういうつもり、とか言われてもね。襲われてるのを目にしたら、助けようとするのが普通じゃないかな？」

「普通……？　ふんっ、我ら悪魔の崇高《すうこう》な目的も理解出来ぬ愚民の語る普通など、考慮するにも値せぬわ……！」

どうやら男は、自分が悪魔であることを隠すつもりはないようである。

放った言葉から考えても、むしろ悪魔であることを誇り、誇示《こじ》すべきと考えているのかもしれない。

と、そんなことを考えていたせいか、男にはアレンが無視したように見えてしまったようだ。

怒りに顔を歪め、睨《にら》みつけてきていた。

「貴様、我を愚弄《ぐろう》するつもりかっ……⁉　……よかろう、我を愚弄するとどうなるか、その身でとくと味わうといい……！」

別にそんなつもりはないし、正直もう少し話を聞きたいところではあったのだが、さすがにこの様子では無理だろう。

諦めるしかあるまい。

「……ま、最低限知りたいことは分かったしね」

男は、崇高な目的と言った。

ということは、ほぼ間違いなくセカイへの復讐に関わることだろう。

つまりあの馬車に乗っている人を襲うことが、それに繋がるということだ。

厄介事なのが確定したともいうが、まあ最初から分かっていたことである。

この先に何かがあるのだろうと覚悟できるだけ、マシというものだ。

ともあれ、まずはこの男をどうにかするべきか。

時に悪魔は人類の敵などと呼ばれることもあるが、アレン自身としては特に悪魔そのものに対して思うところはない。

正直なところ、このまま引いてくれるのが一番なのだが……どう見てもやる気満々であるし、言ったところで素直に聞いてはくれないだろう。

やるしかないようであった。

とはいえ、だからといって倒してしまうというのも、ちょっと気が乗らない。

今のところ男がやったことと言えば、馬車を襲っていたということだけなのだ。

さすがにそれで命を奪ってしまうというのは、少々過剰だろう。

多少怪我を負えば引いてくれないだろうか、と思いながら、男が動くのに合わせアレンも足元に力を込める。

その時であった。

「――え？　首領……？　ど、どういうことですか⁉」

男が動きを止めると、虚空に向けて叫び始めたのだ。

傍目《はため》には錯乱《さくらん》したようにも見えるが、そうではあるまい。

おそらく、念話の類だ。

この場にいない誰かと話しているのだろう。

アレンには男の声しか聞こえないため、何を話しているのかは分からないが……どうやら、男の意に沿うものではなかったようだ。

男が発するのは抗議の声ばかりであるが、その抗議は受け入れられなかったらしい。

苛立たしげな表情を浮かべると、アレンのことを睨みながら鼻を鳴らした。

「ふんっ……命拾いをしたな。本来ならば、我を愚弄した貴様は八つ裂きにするところだったのだが、首領より直々に命を授けられたとなれば仕方あるまい。せいぜい生き永らえられた幸運に感謝するのだな」

そう言うと、男はあっさり背を向け、そのまま何処かへと立ち去ってしまった。

その背中からは、不本意だという感情が漏れ出ていたが……アレンは視線を外すと、周囲を探るように目を向けた。

男は気付いていなかったようだが、男が今受けた指示は明らかに男を助けるためのものだったからだ。

偶然ということはあるまい。

となると、男と話していた何者かは、この場を見ていたということになる。

そしてその相手は、首領と呼ばれているらしい。

名前からすると、あの男が付き従っている上位の存在ということになるのだろうが……ちょっと、気になった。

アレンが聞いた話では、悪魔とは基本的に個人主義であり、協力することはあっても誰かの下に付くことはほとんどない、ということだったからだ。

あの男達だけが特殊だというのならばいいが……もしも、悪魔達が誰かの下に集い、組織的に動くようになったとするならば、間違いなく異常事態である。

出来れば少しでも情報を掴んでおきたいところだが――

「……特に気配とかはない、か。これは既に引いた後かな？」

もしかすると、向こうはアレンのことを知っているのかもしれない。

だとすれば尚のこと厄介そうだが……まあ、今のところは気にしても仕方ないだろう。

気を取り直すと、とある方角へと視線を向けた。

それは悪魔からの襲撃を逃れた馬車が走っていった先なのだが……少し離れた場所に、その馬車は止まっていた。

車体にも馬にも異常はないように見えるので、どうやらアレンのことを待っているようだ。

正直なところ、そのまま走り去ってしまって構わなかったし、むしろその方が厄介事に関わらずに済んで逆に助かったのだが……言っても仕方あるまい。

諦めるように息を一つ吐き出すと、馬車の方角へと向け歩き出した。

†

馬車が止まっている場所は、肉眼でもはっきり見える程度の距離だったため、数分も経たずに着いた。

礼儀を尽くすためにか、御者台に座っていた人物は、アレンのことを迎えるように御者台から降りて待っていたが、一応警戒もしているのだろう。

アレンの姿を認めると頭を下げたが、それでもまだフードを被ったままだったからだ。

ただ、アレンがその姿を眺めながら首を傾げたのは、思っていたよりもその姿が小さかったからである。

子供とは言わないものの、成人男性と考えるには明らかに小さい。

となると、女性が御者をやっていた、ということなのだろうか。

無論別に女性が御者でもおかしいわけではないのだが、正直珍しいことではある。

しかし、そんな疑問は、次の瞬間解決した。

正確には、気にならなくなった——気にしている場合ではなくなった、と言うべきだろうが。

「……ありがとう。助かった……」

そんな言葉と共に、被っていたフードが取り払われたのだ。

今まで隠されていた顔が露《あらわ》になり——アレンは思わず間抜けな声を漏らした。

「……え？」

そこにあったのは、少女の顔であった。

だが、アレンが驚いたのは、そこではない。

その顔に、見覚えがあったからだ。

いや……見覚えがあるどころの話ではない。

アレンの目がおかしくなかったとかでなければ——

「……ミレーヌ？」

口の中だけで呟くと共に、何故ここに、という疑問が頭に浮かぶが、その言葉を口にすることはなかった。

それよりも先に、馬車の中から呆れたような声が聞こえてきたからだ。

「貴女は本心から感謝を述べているのでしょうけれど、それでは誤解されるわよ?」

「……そんなことない」

「それを決めるのは貴女ではないわよ。まったく、仕方ないわね」

溜息を吐きつつ馬車の中から姿を見せた人物を目にした瞬間、アレンは一瞬眉を寄せた。

予想した人物のことが、まるで知らない人物のように見えたからだ。

しかし、その顔は間違いなく知っている顔であり、そして、声もまた聞き覚えあるものであった。

ミレーヌがいたという時点で何となく予想は出来ていたが……その人物とは、ノエルだ。

そのはず、であった。

だが。

「申し訳ありません。この娘もこれで本当にお礼を述べているつもりなのですけれど……いえ、そんなことよりも先に、私からもお礼を述べるべきですね。この度は助けていただき、誠にありがとうございました」

まるっきり、ノエルらしくない言葉遣いであった。

いや、言葉遣いどころか、丁寧に頭を下げる姿自体がらしくないものであり……本当はその時点で、何となく分かっていたのかもしれない。

しかし、それを否定するように、アレンは戸惑い気味にノエルの名を呼び――

「……ノエル？」

「……？　えっと――ごめんなさい。もしかして、どこかでお会いしたことがありましたか？」

そんなアレンの方こそが間違っているとでも言いたげに、ノエルは……ノエルのはずな少女は、そんな言葉を口にしたのであった。

見知らぬ姿

「世界には自分と同じ顔をした人が三人はいるって話は聞いたことがあるけれど、まさか本当にいるとは思わなかったわ。しかも、名前も同じだなんて」

そう言って、驚きと感心を合わせたような顔をする少女を眺めながら、アレンは溜息を押し殺した。

今彼女が口にした内容は、アレンが咄嗟《とっさ》に彼女へと語った内容である。

アレンが彼女の名前を知っていたにもかかわらず、彼女の方はアレンに覚えがないことに対し、実は似ている顔のノエルという友人がいるのだ、と。

そして、その彼女と間違えてしまったと、そう告げたのだ。

とはいえ、それが嘘であるかは、正直微妙なところではあるのだが。

何せ、彼女は自分自身のことを、エルフの王、と伝えてきたからだ。

ノエルと同じ顔と名前を持ち、ノエルしかなれないはずのエルフの王を名乗る何者か。

しかもその場には、ミレーヌと同じ顔と名前を持つ、護衛役だという少女までいるときた。

よく似た別人なんて可能性など、あるわけがあるまい。

彼女達は、間違いなくアレンのよく知る彼女達である。

だがそれと同時に、アレンの知らない彼女達であるのかもしれない、とも思っていた。

アレンのことを知らないと語る彼女達から、嘘を吐いている気配は感じられなかった。

最初は冗談だと思ったのだが、そんな様子は見られず、少なくとも彼女達自身は、アレンのことを見知らぬ何者かと思っているようだ。

ここで考えられる可能性は、二つある。

一つは、彼女達が何らかの理由でアレンのことを忘れてしまっている可能性。

しかしそれだと、ノエルがエルフの王を名乗る理由が分からない。

少なくともアレンの知っている限りでは、そんな素振りを見せてはいなかった。

まったく考えていなかったかと言えばそんなことはないだろうが、それでもいつの間にかなっていた、ということはないだろう。

となると、もう一つの可能性の方が高くなるが――

「……つまり、間違ってるのは彼女達の方じゃなくて、僕の方だってことか」

――並行世界。

そこにアレンが迷い込んでしまった、という推測であった。

普通であれば有り得ないと断じるところだが、残念なことに現状では否定することが出来ない。

それに、少なくともそういった世界が存在している、ということはアンリエットに聞いたことがあった。

そして存在している以上は、迷い込んでしまう可能性もゼロではあるまい。

というか、現状ではその可能性が最も高いということになってしまう。

「……出来れば、そうであって欲しくはないんだけどなぁ」

「……？　何か言ったかしら？」

「いや……本当にそっくりだな、と。多分、並んで立たれたらどっちがどっちか分からなくなるよ」

「へぇ……そこまでなのね」

「……びっくり。奇跡……？」

「さすがにそれは言い過ぎでしょ。というか、どうせ奇跡に遭遇するなら、もっといいことであってほしいわ」

御者台と馬車の中とで、そんな会話を繰り広げる二人のことを、目を細めて眺める。

王と護衛という割に、随分と気安い。

そこだけを見れば、アレンのよく知る二人との違いは感じられなかった。

「……いい奇跡なら、既に起こってる？」

「何がよ？」

「……助けられた」

「ああ……確かに。言われてみれば、それもそうね。……まあ、そこまで含めて仕組んでた、とかじゃなければだけれど」

そう言ってノエルが見つめてくるが、本気で言っていないのは目を見れば分かった。

というか、現在アレンとノエルは同じ馬車に乗っている。

本気でそんなことを思っていれば、さすがにこんな状況にはなっていないだろう。

とはいえ、完全に信頼されているかと言えば、それもまた別の話だろうが。

おそらく本人としては隠しているつもりなのだろうが、見つめてくる瞳の中に、無視できない程度には、緊張と警戒が混じっていた。

もっとも、それもまた、当然ではあるが。

彼女達曰く、アレンは知らない何者か、なのだ。

いくら助けられたからとはいえ、そんな人物を即座に信頼するほど、彼女達は甘くない、ということである。

だが、それを悟っていると知られてしまえば、余計に警戒させてしまうだけだろう。

ゆえにアレンは、何も気づいていない風を装いながら、肩をすくめた。

「それに関しては、そうじゃないって証明する手がないからね。信じてほしい、としか僕から言えることはないかな」

「そうは言われても、言った通り、こっちも襲われる理由が特定できない程度には、狙われているという自覚があるもの。いくら助けてもらったからって、無条件で信じることは出来ないわ」

「……恩知らず？」

「……ちょっと。貴女はどっちの味方なのよ」

「……正しい方？」

「それだと私が正しくないみたいなのだけれど……？」

そんなやり取りを行う二人に、アレンは口元に笑みを浮かべながら、同時に苦い思いも抱いていた。

これだけを見るならば、本当にアレンのよく知る二人にしか見えないのだが……。

「ま、信頼ってのが一朝一夕で手に入るものじゃないってのはよく分かってるからね。すぐに信じられないってのも理解できるし、そこは少しずつ信じていってもらうしかないかな」

「……そして、信用しきったところで、後ろからずぶり？」

「貴女は本当にどっちの味方なのよ。私が言うのもおかしな話だけど」

ミレーヌなりの冗談——おそらくそうだろう。ミレーヌのことだから本気で言っている可能性もあるが——に苦笑を浮かべながら、首を横に振る。

「んー……こういうことを言っちゃうと自意識過剰に思われちゃう気がするし、余計信じてもらえなくなっちゃう気もするんだけど、正直、わざわざそんなことをする必要がないんだよね」

「……分かってるわよ。私達があの悪魔から逃げてたのは、明らかに戦っても勝ち目がないと分かっていたから。でも、貴方はそんな悪魔を一蹴《いっしゅう》してみせた」

「……殺すだけなら、わざわざ信頼を得る必要はない。……むしろ、助ける必要がなかった？」

「そういうことね」

それを分かっていながらも、ノエルが警戒を解く様子はない。

だが、それはそれで当然だろう。

それはそれ、これはこれ、だ。

その程度のことで信頼してしまうのならば、むしろその方が心配になる。

彼女が王だというのならば、尚更だ。

しかし、どうやらノエルは、そのことに対し多少なりとも罪悪感を抱いているらしい。

僅かに目を伏せる様子から、それが分かった。

それは、王として考えると相応しくない態度である。

だが同時に、とてもノエルらしい姿でもあった。

アレンのことを知らなくとも、たとえここが平行世界であったとしても、彼女はやはりノエルであることに違いはないのだと、そんな確信を持つ。

「ま、さっきも言ったけど、会ってすぐに信頼できないなんて、当たり前のことだからね。これから信じてもらえるように頑張るよ。どうせ道中暇だし」

「信頼を得ることを暇つぶしとして行うのはどうなのかしら？」

「……でも、暇なのはいいこと」

「まあそれはそうなんだけどね。……実際のところ、またいつアイツが襲ってきても不思議じゃないわけだし」

「……何で襲われたのかは分かっていない、んだっけ？」

何でもあの悪魔は、何の脈絡もなく唐突に襲ってきたという。

理由を尋ねても答えることはなく、一方的に攻撃を仕掛けるだけであったとか。

「ええ。まあ、正確には、思い当たる理由が多すぎて特定できない、ってところだけれど」

「エルフってそんな敵ばっかりって感じだっけ……？」

「エルフ、というよりは、私個人の問題かしら。まあ、エルフとしても色々ありはするのだけれど」

「色々、か……大変そうだね？」

「そりゃあね。でもそんなこと言ってもいられないでしょ。私は、エルフの王なんだから」

そう言って肩をすくめるノエルの姿に、無理をしている様子は感じられなかった。

自然体というか、自分がエルフの王だということを当然のことだと認識しているように見える。

いや、実際ノエルにとってそれは当たり前のことなのだろう。

アレンの知っているノエルには、なかったものだ。

そんな僅かな、だが確かな違いに、アレンは思わず小さく溜息を吐き出す。

「……ま、とりあえず、もしあの人がまた襲ってきたとしても、心配はいらないよ。僕が何とかするからね」

「……随分自信満々に言うじゃない。分かっているのかしら？　アレが悪魔だって」

「もちろん、承知の上だよ？」

超越者である悪魔は、一般的に言えば戦闘能力が高い傾向にある。

ただ、あくまで傾向に過ぎないし、絶対的な上位者というわけでもない。

あの男は戦闘に自信がある様子だったこともあり、戦えばそれなりに強いのだろうが、少なくとである。


も負ける気はしなかった。

「というか、そもそもそういうのを条件として、僕はここに乗せてもらってるわけだしね」

アレンがこうしてノエル達と一緒の馬車に乗っているのは、彼女達の護衛役を買って出たからである。

そうすることで、共にいてもおかしくない状況を作り出したのだ。

彼女達か、あるいはアレンの身に起こっている異常を探ることを考えれば、当然のことであった。

まあ、実のところわざわざそんなことをしなくとも同行は出来そうではあったのだが――

「……そもそも命の恩人なんだから、本来そんなことは不要」

「まったくよ。行き先は同じだってことだし、命の恩人として丁重に持て成すって言ったのに……まさか、そんなものはいらないから、お礼をもらえるんなら、普通に接してほしい、なんて言ってくるなんてね」

「堅苦しいのは苦手だからさ、そうしてくれた方が僕としても本当に助かったんだよ」

最初は丁寧に接してきていたノエルが、アレンのよく知っているノエルと変わらぬ態度をとっているのは、それが理由であった。

もっとも、アレンの本音としては、ノエルと同じ顔、同じ声で畏《かしこ》まられても落ち着かない、というだけのことなのだが。

しかし、そうした意味は十分にあったように思う。

おそらくあのままだったら、ノエル達は丁寧には接してくれたかもしれないが、今よりもずっと強く警戒していたことだろう。

ほんの少しでも警戒を和らげることが出来たのならば、それで十分であった。

「……ま、いいわ。私も正直、やろうと思えば出来はするけれど、好んでやりたくはないもの」

「……同じく」

「それはよかった」

そう言って笑みを浮かべつつ、とりあえず、と思う。

今のところは、このまま様子を見るべきだろう。

今の状況で何がおかしいのか結論付けてしまうのは危険だ。

まだ、二人も何かに巻き込まれ、アレンのことを忘れた上で、エルフの王とその護衛だと思っているだけ、というのは十分に有り得るし、同じぐらい、何らかの理由でアレンが並行世界に来てしまった、という可能性もある。

何にせよ分かっているのは、今持っている情報だけでは、色々と不確かすぎて行動に移すことが出来ないということだ。

少なくとも現状これといった危険は感じないし、結論を出すのはもう少し後でも問題はあるまい。

それに幸いにも、ノエル達が向かおうとしている場所は、アレンが向かおうとしていた場所と同じであった。

二人もまた、これから辺境の街に向かおうとしているという話だったのである。

あそこでならば、きっと何らかの確証を得ることが出来るだろう。

結論を出すのは、それからでも遅くはない。

「……ま、変な状況に巻き込まれるのも、予想外のことが起こるのも、何だかんだで慣れちゃってるしね」

それこそ、アレンが英雄と成るに至ったことからして、そうだったのだ。

今更と言えば今更だし、焦ってもいいことなどないということも、よく分かっていた。

それでも、さすがにどうなるものやらと思ってしまうのは止められなかったが……きっと、どうにかなるだろう。

見知った姿でありながら、時折見知らぬ姿も見せるノエルとミレーヌのことを眺めながら、アレンはそんなことを考えるのであった。

理由と過去

意外にも、と言うべきか、出発から数日が経過した現在、馬車の中では穏やかでのんびりした空気が流れていた。

悪魔の襲撃どころか、変わったこと一つ起こらなかったからだ。

ノエル達も三日目までは警戒していたのだが、ずっと警戒し続けるというのはそれなりに疲れるものだ。

四日目には、無駄なことをしていると認識するようになったらしく、すっかり警戒を解いていた。

そしてその警戒の解消は、アレンに対してのものも含まれる。

さすがにまったくなくなったとまでは言えないが、彼女達目線では知り合ったばかりの男だということを考えれば、十分すぎるものだろう。

そんなことを考えていると、ノエルが気だるそうに呟いた。

「んー……そろそろ日が沈みそうだけど、今日も何もなかったわねえ」

「……正直、暇」

「それよね。襲撃して来いとは言わないけど、何か起こってほしいわ」

いや、警戒を解いたというか、これは最早だらけていると言うべきだろうか。

苦笑を浮かべながら、肩をすくめる。

「いや、何も起こらないのはいいことだと思うけど？　……まあ、僕が無駄飯食らいになっちゃうって問題に目を瞑《つむ》れば、だけど」

何も起こらないということは、護衛としてやることもないということだ。

そこを責められたら何も反論することが出来ない程度には、問題ではあった。

「……それを言ったら、むしろわたしの方が役立たず。……むしろ貴方は、色々と役立ってる」

「まあ、そうね。ミレーヌが役立たずかはともかく、まさか旅をしながらお風呂に入れるなんて思ってなかったもの。それだけでお釣りがくるほど役に立ってるわ」

「うーん……そうかなぁ」

喜んでくれているのは嬉しいが、正直穴を空けた地面に水を入れ、沸かせただけである。

それだけで雇った甲斐があったと言われても、いまいち釈然としなかった。

「貴方がどう思っていようとも、私達はそう思うのだから、そうなのよ。それより、さっきも言った通り、そろそろ日が沈むわよ？」

「はいはい、分かってるって」

つまりノエルは、そろそろ風呂の時間だと言いたいらしい。

どこの王侯貴族だろうかと思ったものの、考えてみれば今のノエルは実際その一員だ。

おかしくはないのかもしれない。

などと馬鹿なことを考えている間に、馬車はゆっくり停車した。

どうやら今日はここで野宿をするということらしい。

「そういえば、王だっていうのに、野宿は平気そうだね？　まあ、今更だけど」

「本当に今更ね。まあ、正直最初は辛かったけれど、さすがにもう慣れたわよ。王都まで行くのにどれだけかかったと思ってるの？」

「王都……？」

「ああ、そういえば、言ってなかったかしら？　私達は、王都に行っていたのよ」

「……そう、用事があって、行ってた。今のはその帰りというか、ついで」

正直、そうだと思っていたので、驚きはなかった。

ただ……そのことを教えてくれたことに対しては、少しだけ驚きがある。

ノエル達は今まで、必要最低限以外のことはアレンに教えようとはしなかったからだ。

これは、その程度には信頼してくれるようになった、ということなのかもしれない。

「ついで、か……ちなみに、その用事がどんなものなのかは、聞いても？」

「それはどっちの意味で、かしら？　まあ、王都に行った理由に関しては言うつもりはないけれど」

「……それはさすがに、秘密」

「うーん、そっか。それは残念」

さすがにそこまで信頼を稼げてはいないようだ。

とはいえ、そっちに関しては気になると言えば気になるものの、そこまでではない。

「じゃあ、辺境の街に向かう理由に関しては？」

本命の方を問えば、意外にも返ってきたのは沈黙だった。

正直なところ、こちらも即座に拒絶されてもおかしくないと思っていたので、意外に感じた。

即座に答えなかったということは迷っているということであり……数秒ほど考えた後で、ノエルは溜息を吐き出した。

「そうね……今日のお風呂で気分よくなれたら、口が滑るかもしれないわ」

「……なるほどね」

つまり、快適な風呂を用意しろということらしい。

そのぐらいならば、お安い御用である。

「じゃあ、今日は一段と気合入れて作ろうかな」

どうすれば満足してくれるだろうかと、そんなことを考えながら、アレンは速度を落としつつある馬車から外を眺め、ほんの少しだけ口元を緩めるのであった。

†

「ふぅ……本当にこれは助かるわね。正直、一時的じゃなくてずっと雇いたいぐらいだわ」

「……同感。いてもらえると、とても助かる」

「そう言ってもらえるのは光栄なんだけどね……」

ただ、それは剣の腕をとかではなく、風呂を作ることに対してのことなので、正直あまり嬉しくはなかった。

もっとも、ノエルの顔を見る限り、どうやら今回の風呂はいつも以上に満足してくれたようではある。

今回は要望通り気合を入れて作ったので、それはそれで嬉しい。

そんなことを考えながら、やはりアレンが用意した食事を二人に渡していく。

とはいえ、さすがにこちらは簡素なものだ。

アレンも料理が出来ないわけではないが、そこまで本格的なものは出来ないし、何より食材が足りていない。

しかしそんなものでも、二人は本心からのものと思える笑みを浮かべていた。

「いやー、本当に至れり尽くせりねー」

「……本当に、助かる」

「正直、そこまで喜んでもらえるようなものではないんだけどねえ」

「こうして暖かいものが食べられるってだけで十分ご馳走《ちそう》よ」

「……保存食は食べ飽きた」

そういうものなのだろうか。

やはりアレンとしてはピンとこないのだが。

というか――

「エルフの王なんだから、普段はもっといいもの食べてるんじゃないの？」

「別にそんなことないわよ？　そもそもあまり調理ってものがされないし……まあ、それで十分おいしいんだけど」

「……エルフの料理は、大体食材のまま」

二人の言葉に、そういえばと思い出す。

エルフの森での食事は、果物などが基本であった。

アレはアレでおいしかったのだが、物足りなさを感じていたのも事実だ。

その辺のことを考えると、調理されているだけでおいしく感じてもおかしくないのかもしれない。

「というか、そもそも私って、純粋な王族ってわけでもないしね」

「純粋な王族じゃない……？」

それは、どういう意味だろうか。

聞いたことのない話に首を傾げていると、ミレーヌがノエルに視線を向けたのが見えた。

おそらく、話していいのかという意味だろうが、ノエルはそれに軽く肩をすくめる。

どうやら問題ないらしい。

ただ、それが情報的にどうでもいいのか、アレンのことをそこまで信頼してくれたのか、どちらの意味でなのかは分からないが。

「ああ、別に血筋的に、ってわけじゃないわよ？　私の身体にはれっきとしたエルフの王族の血が流れているらしいし。まあ、私はその辺知らないんだけど」

「知らない……？」

「そのままの意味よ。実は私、数年前以前の記憶がないのよね」

あっさりそう告げてきたノエルに、アレンは驚きに軽く目を見開いた。

アレンのよく知るノエルがそうだったので、このノエルもそうではないと思ってはいたものの、実際にそこまで話してくれるとは思わなかったのだ。

「何でもエルフの王族が悪魔に襲われたことがあって、それが原因じゃないかって話ね。ああ、気は遣わなくていいわよ？　別に私は気にしてないから」

「……むしろ、ちょっとは気にすべき」

「気にしたところで何がどうなるわけでもないもの。なら、気にするだけ損でしょ。まあ、そのせいで昔に教えられたことがあるらしい王族関係の知識も思い出せないのはちょっと困るけれど」

「ああ……もしかして、純粋な王族じゃないってのは、そういう意味？」

「そ。王族の血が流れてたところで、何も知らないんじゃ王族としては半人前以下でしょ」

そういうことかと、納得する。

おそらく、それはただの自嘲《じちょう》ではなく、自戒の意味も込めているのだろう。

王族の血が流れているだけでは不十分であり、真にエルフの王を名乗るのならば、相応の知識も必要だ、と。

エルフの王として相応しくあろうとしている姿に、アレンは思わず目を細める。

アレンの知るノエルとは違っても、そういうところはやはりノエルらしいと思った。

「ま、それだけってわけでもないんだけど」

「というと？」

「悪魔に襲われたらしい私は、気が付いたらとある山の中にいたわ。逃げたのか、逃がされたのか……まあ多分後者でしょうけれど。その時が、今の私が覚えてる一番古い記憶。身体はボロボロで、意識は朦朧《もうろう》としてた。何となく、私はここで死ぬんだろうなと、そんなことを思っていたのを覚えてる。あの人に会ったのは、そんな時だったわ」

「あの人……？」

「私の命の恩人で、そこからしばらく世話してくれた人。そして、私が辺境の街に行く理由よ」

「……なるほど」

そこで頷いたのは、話がそう繋がるのかと思ったからだ。

唐突に何を話すのかと思えば、ノエルが辺境の街に向かう理由を説明するためだったらしい。

ただ、ノエルが誰のことを話しているのかに気付いたからこそ、同時に疑問も湧いた。

ノエルが話しているのは、彼女が師匠と呼ぶ女性のことだろう。

人里離れた山奥に住んでいたという、偏屈で頑固なドワーフの鍛冶師。

それが分かっているからこそ、その彼女と辺境の街がどう関わってくるのかが分からなかったのである。

「……いえ、世話してくれた、っていうのは違うかしらね。むしろ私が世話してた気がするわ。命の恩人なのは確かだけれど、それ以上の何かをしてくれた覚えはないし……どうして私は辺境の街に行こうとしてるのかしら?」

「いや、僕に聞かれても……むしろ僕が聞きたい方なんだけど?」

「……恩人だからお礼を言いたい、って言ったのはノエル」

「お礼を……？　……ということは、その人は辺境の街にいる、ってこと？」

「って話を聞いたから、ついでに行ってみることにした、ってわけよ。まあ、改めて思い返してみると、私がお礼を言われるべきじゃないか、って気もしてるのだけれど……」

話の半分を、アレンは聞いていなかった。

ノエルが師匠と呼ぶ人は、フェンリルに殺されたはずだ。

なのに辺境の街にいるとなれば、話が大分変わってくる。

それが意味することとは、つまり――

「……お礼を言いに行くってことは、ちゃんとしたお礼も言えないうちに別れちゃった、ってこと？」

「ん？　ええ、まあ、そうね。あの人に助けられて……いえ、拾われて、かしら？　まあ、それから半年か一年ぐらい経った頃だったかしらね」

「……時期が曖昧《あいまい》すぎる？」

「うるさいわね。人がほとんど訪れないような場所にいたから、あの頃の時間の感覚が曖昧なのよ。かと思えば迎えが来て、その迎えも時間の感覚が曖昧なエルフだったし」

「エルフの迎え……？」

「ええ。ある日急に、ね。私以外の王族は皆色々あって死んじゃったみたいで、生き残りを捜してたらしいんだけど、偶然私を見つけて迎えに来た、ってわけ。ただ、本当に突然だったからドタバタしてて、あの人にはろくにお礼も言えなかったのよ」

「……ノエルはそのことを、ずっと気にしてた」

「別にずっとってわけじゃないわよ。ただ、助けられたのは確かだから、ちゃんとしたお礼を言えないで別れたのがちょっと気になってただけ」

二人がそんな会話を交わしているのを半ば聞き流しながら、アレンは眉をひそめ唇をかみしめていた。

今の話が事実ならば……それは、有り得ないことだ。

アレンの知っている世界ならば、起こり得ないことである。

それが起こっているというのならば……この世界は、アレンの知らない世界だということだ。

まだ確定したわけではないが……あまり歓迎したくないその可能性が高まってしまったことに、

アレンは思わず溜息を吐き出すのであった。

見知らぬ世界

見慣れた街が近付いてくるのを眺め、アレンは小さく息を吐き出した。

それは疲れによるものであり、だが単純な疲労というよりは気疲れである。

結局アレからここまでの間に何も起こりはしなかったのだが、ただノエル達と一緒にいるだけでも気疲れしてしまったのだ。

アレンのよく知るノエル達相手ならばそんなことはなかっただろうが、ノエル達の態度が違うのが大きいのだろう。

なまじ態度以外が変わらぬせいで変に気を遣い、気疲れしてしまったのである。

そういう意味では、何かがあってくれた方がむしろ疲れなかったかもしれないが、既に辺境の街はすぐそこだ。

言っても栓なきことであった。

「ようやく見えてきたわね……あそこが『グランホルム』、か」

「……長かった」

「まったくね。こんなことなら余計なこと考えるんじゃなかったわ」

「……本当に」

「そこはちょっとはフォローしなさいよ」

そんな二人の会話を聞きながら、アレンは僅かに眉を動かした。

辺境の街には、厳密には名前というものは存在しない。

というか、そもそも規模的、便宜上街と呼んでいるだけで、公的には街として存在しているわけではないのだ。

名前が存在しない方が当然というものだろう。

ただ、それでは不便なことが多いのも事実だ。

そのため、通称という形で街の名が示されることはある。

それが、グランホルム。

ギルドとかが決めたわけではなく、いつの間にか自然と用いられるようになった、由来も定かではない名である。

だが、その名はあくまで街の中でのみ用いられるものだったはずだ。

少なくとも、辺境の街から縁遠い者が耳にするものではない。

二人の会話からすると、ノエル達はあの街に来るのはこれが初めてのようだが――

「……これもまた、微妙ではあるけど差異ってことになる、のかな？」

「ん？　何か言ったかしら？」

「いや……どんな場所なんだろうと思ってさ」

「……行くの初めて？」

「まあね。話に聞いたことはあるから、何も分からないってわけじゃないけど」

ヴェストフェルトがそうであったのと、ノエル達もそうであるように、見た目に大差はなくとも
アレンの知る場所と何かが違うという可能性は十分にある。

それを考えれば、このぐらいで答えておくのが無難だろう。

「そういえば……聞いていなかったのだけれど、貴方はあそこに何をしに行くのかしら？」

「あー……そういえば、言ってなかったね」

それは聞かれなかったからでもあるし、どう答えたものか考えがまとまらなかったからでもある。

だが考える時間は十分すぎるほどにあったため、何と答えるべきかは決まっていた。

「僕も君と似たような理由、かな？　ちょっと会いたい人があそこにいるらしくてね。何と言うか、
僕にとっての恩人みたいなものでさ」

「ふーん……確かに似てるわね」

「まあ僕の場合、お礼を言いたくて、というわけじゃないんだけど」

アレンが想定してるのは、アンリエットだ。

そして実際に、辺境の街を目指している理由の一つでもある。

ここが並行世界である場合、そもそもこの世界にアンリエットがいる保証はないのだが……それ
でも、アンリエットに会えたら今の自分の立ち位置が分かるような、そんな気がするのだ。

「……大切な人？」

「うーん……まあ、そうだね。そうかな？」

アンリエットのことを思い浮かべ、そう言える相手だろうと頷く。

もっとも、本来ならばノエル達もそこに含まれるのだが――

「……？　……どうかした？」

「いや……何でもないよ」

首を横に振りながら、アレンは自分がこの先どんな立ち振る舞いをすべきかを決める時が迫ってきているのを感じていた。

辺境の街は、何だかんだでアレンにとって馴染み深い場所である。

そこでの出会いは、間違いなくこの先のことを決定付けるに足るものとなるだろう。

願わくば、可能な限り望ましいものであってほしいものだが……何となくそうはならないのだろうな、という予感を覚え、溜息を吐き出すのであった。

†

「じゃあ、世話になったわね」

「……ありがとう、助かった」

そう言って二人は、辺境の街に着くなりあっさり別れを告げてきた。

とはいえ、最初からその約束だったのだから、そんなものだろう。

二人は既に泊まるところも決まっており、その場所も大体分かっているらしいので、尚更だ。

アレンとしても引き留めるつもりはなく、その理由もないため、手を振りながら二人が去っていくのを見送った。

「……さて、と」

そうして二人の姿が見えなくなったところで、気を取り直すように息を吐き出した。

多少の寂しさはあるものの、彼女達はしばらくの間はここに留まる予定ということだったので、そのうちまた会うこともあるだろう。

それに今は、彼女達のことを考えている余裕はなかった。

「うーん……どうかな？　気のせいと言われたらそんな気もするけど……」

ノエル達と馬車に乗って移動してきたため、辺境の街を眺めるのは割と久しぶりだ。

とはいえ、それでもひと月も経ってはいない。

変化が激しい場所ではあるが、その程度ならば大きく変わることはないだろう。

にもかかわらず、アレンには最後に目にした時から街の空気が変わっているように感じられていた。

「……ま、とりあえずはギルドに行ってみよう、かな？」

正直、屋敷とどっちを先に行くか迷ったのだが、ここまでのことを考えると、先にギルドに行っておいた方がいいと判断したのだ。

何だかんだで、ここで情報を集めるならばやはりギルドが一番である。

屋敷に行くのはそれからでも十分だろう。

そんなことを考えながら、ギルドへと足を向けた。

幸いにも、街の外観はアレンの記憶から変化はない。

見慣れた道を、いつも通りに歩いていく。

ただ……気のせいだろうか。

街を行き交う人々の顔が、妙に明るいような気がした。

「なるほど……僕の記憶にあるのと空気が変わってるように感じてるのも、それが理由かな？」

辺境の街は、その大半がここに辿り着くしかなかったような者達の集まりである。

それでも力強く生きている人達が多くはあったし、決して悲観的な空気が流れていたわけではないが、それでも明るいという風に感じたことはなかった。

だからアレンはそこに違和感を覚え、空気が変わっているように感じられたのだろう。

「まあ、個人的にこっちの空気の方が好きだから、悪いってわけじゃないんだけど……」

どうしてこうなっているのかは気になるところだ。

その辺も、ギルドに行けば分かるだろうか。

「っと、そんなことを考えているうちに、と」

気が付けば、ギルドの前にまでやってきていた。

一瞬、迷いに足が止まるが、それは本当に刹那のことだった。

すぐに動きを再開させると、ギルドの扉を開き――

「あ、いらっしゃいませっス！　冒険者ギルドドリベラ支部へようこそっス！」

驚きに、再び足を止めた。

建物の中に入ったアレンの視界に入ったのは、いつも通りの冒険者ギルドの内装。

そして、ここにいないはずの人物であった。

その特徴的な口調に、見覚えのある顔。

間違いない。

——リゼット・ベールヴァルド。

帝国の騎士であり、決してここにいるはずのない人物であった。

いや、百歩譲って、この街にいるのはいいとしよう。

帝国で厄介者扱いされていた彼女がここまで流れてくるというのは、有り得ないというほどのことではない。

だが問題なのは、彼女のいる場所だ。

彼女は、受付カウンターの向こう側にいる。

つまりは、受付嬢、ということであった。

「……なるほど、なぁ」

それでも、割とすぐに驚きから立ち直ることが出来たのは、ある意味で似たような体験を既にしていたからかもしれない。

しかも、あの時の驚きと比べれば、こちらはまだ全然マシだ。

ブレットがヴェストフェルト家の当主になっていたことに比べれば。

「でもつまりは、これもあれの同種、ってことかな？」

その場所にいるはずのない人物がいて、有り得ない立場に立っている。

そこだけを見れば、ブレットとリゼットは同じだ。

そしてそこから導きだせる結論は、異変が起こっているのはヴェストフェルトだけではなかった、ということである。

「……ま、それに関しては、正直予想してたけど」

驚きからの復帰が早かったのは、それも理由の一つだろう。

出来れば当たってほしくない予想ではあったが、当たってしまった以上は仕方ない。

「それに、ある意味ではチャンス、かな？」

ヴェストフェルトでは話を聞けなかったが、相手が受付嬢ならば色々聞いたところでそこまで不自然ではないだろう。

多少変な目で見られるかもしれないが、そこは仕方あるまい。

それよりも現状の究明の方が大切である。

――そんなことを考えていたせいだろうか。

あるいは、油断していたということなのかもしれない。

一つ驚くことがあったのだから、そこで打ち止めだろう、と。

だが――

「――邪魔するですよ」

声は、すぐ傍から聞こえた。

アレンはギルドに入ってすぐのところに佇《たたず》んでおり、つまりその声の主は、たった今ギルドに入ってきたということだ。

視線を向ければすぐにその姿を目にすることは出来るだろうに……アレンは、石像にでもなってしまったかのように、視線を動かすことが出来なかった。

その声を聴いただけで、その人物が誰なのか分かってしまったからである。

「――アンリエット」

だから、その言葉が漏れてしまったのは、半ば無意識によるものであった。

本当に零れ落ちるように呟いてしまったものであり……小さなものであったはずなのだが、どうやら本人の耳に届いてしまったらしい。

「――あ？」

その反応に、反射的に視線が向く。

そして、目にした。

見知った少女の眼差しが、まるで見知らぬ相手に向けるものであることを。

瞬間、同時に理解した。

理解するしかなかった。

この世界は、アレンの見知った世界ではない。

その事実を受け入れるしかないのだと、アレンは強制的に理解させられてしまったのであった。

可能性の世界

「……何ですか、オメエは？　何でワタシの名前を知ってやがるんです？」

睨みつけられながらそう問われた言葉に、アレンは我に返った。

驚きのあまりアンリエットの名を口にしてしまったのは、完全に失敗だ。

どう言い訳したものかと考え……だが、思考がまとまるよりも先にアンリエットがさらに言葉を続けた。

「っ……まさかオメエ……ワタシのストーカーってやつです⁉」

見当違いなことを言い出したアンリエットに、さてこれは本当にどうしたものかと思う。

さっさと言い訳しなければ、変なことになりそうだ。

「まあ、アンリエットは可愛いですから、ストーカーになっちまうやつが出てもおかしくねえですが――」

「あー……勝手に話が進んでるところ申し訳ないんだけど、僕が君の名前を知ってたのは……ほら、アレだよ。以前、偶然耳にしたことがある、ってやつでさ。それで覚えてたんだよ」

「――む。そう、ですか……」

話の途中で遮《さえぎ》られたのが気に入らなかったのか、アンリエットは一瞬不機嫌そうな顔を見せる。

だがすぐに笑みを浮かべると、得意げに胸を張った。

「まっ、でもそういうことなら、それはそれで納得です。ついにワタシも噂話をされるぐらい有名な冒険者になっちまったってことですね」

誤魔化せたのはいいのだが、呆気《あっけ》なく騙されすぎて逆に心配になった。

ちょっとチョロすぎではないだろうか。

そう思いながら、同時にアレンは、少なからず衝撃も受けていた。

アンリエットが、自分を冒険者と言ったことに対してだ。

それは、アンリエットの姿を見れば、一目で分かることではあった。

軽装ではあるものの、アンリエットは確かに防具を身につけており、何よりその腰には一本の剣を差している。

アレンにとっては初めて目にする姿であり……だが、他に解釈する余地のないぐらい、冒険者然とした姿だ。

何より、そんな姿で冒険者ギルドに来たのである。

アンリエットがここでは冒険者をやっているというのは、考えるまでもないことであった。

しかしそれが分かっていても、アレンにとってそれは、衝撃的だったのである。

「……僕の中でアンリエットが冒険者をやってるイメージなんて、まるでなかったからなぁ」

「うん？　何か言いやがったです？」

「いや……邪魔をしちゃって悪かったかな、ってさ」

「ああ……まあそうですね。見ての通りワタシは忙しいですから。でも、仕方ねえですから許してやるです。ワタシは心が広いですからね」

「うん、ありがとう。助かったよ」

そう言って素直に礼を告げると、アンリエットは変な顔をした。

当てが外れたというか、予想と違った反応が返ってきて困っているというか、そんな感じに見える。

「ふ、ふんっ、分かればいいんです、分かれば。んじゃ、ワタシはさっきも言ったように忙しいんですから行くです」

まあ、ギルドにやってきたということは、当然用事があったわけである。

それを考えれば、忙しいというのも嘘ではないのだろう。

何となく、多少盛っている感じはするが。

そんなことを考えながら、何とはなしにアンリエットの背中を目で追っていると、アンリエットは受付カウンターのところへと進んだ。

そうして、何事かを話していく。

つまりは、リゼットとアンリエットが、受付嬢と冒険者として、会話をしているというわけで……その光景に、アレンは思わず眉をひそめる。

違和感しかなかった。

「まあでも、アンリエットはここにいるのか……」

アレンが今まで見てきた人の中で、見知った人達はその全てが本来いるはずのない場所にいた。

ノエルとミレーヌに関してはそこまで言えないかもしれないが……ノエルがエルフの王になっていることを考えれば、元々の居場所はエルフの森だとも言える。

そうだとすれば、やはりいるはずのない場所ということになるだろう。

ならば、当てはまる。

当てはまらないのは、アンリエットだけだ。

「もっとも、そのことがどのくらい関係があるのかは分からないけど」

そもそも、関係ない可能性もある……いや、その可能性の方が高いか。

だが、考えることは無駄にはなるまい。

何せこの世界がどんな世界なのか、まだまるで分かってはいないのだから。

並行世界と一言で言っても、その数は無数に存在している。

並行世界とはつまり可能性の世界だ。

しかし逆に言うならば、並行世界とは、何らかの可能性によってしか分岐しえない世界だ。

どんな可能性が原因で分岐したのかを知ることが出来れば、色々なことを推測する材料と成り得る。

たとえば、他の知り合いがどこにいるのか、ということとか。

ふと頭に浮かぶのは、リーズの姿であった。

それは彼女の安否が気になるというのもあるが、彼女ならばアレンを元の世界に戻せる可能性があると考えたからでもある。

アンリエットに聞いた話によれば、リーズの持つ力というのは本来、そのぐらいのことを可能にするという。

もちろん協力してくれるかは別の話ではあるし、ここでどうなってるのかも不明だが、考慮に入れる価値は十分にあるだろう。

そう、アレンはここが自分の知る世界と異なる世界であると確信を持つのと同時に、元の世界に戻る方法を探すことも決めていた。

当然である。

何故そんなことになってしまったのかは分からないが、アレンはまだまだあの世界に未練があるのだ。

この世界にも、アレンの知り合い達と同一の存在はいるのかもしれない。

だがそれは、彼女達では決してないのだ。

本当の意味で同じと見てしまったら、それは双方に対し失礼でしかない。

少なくともアレンに、そんなつもりはなかった。

「んー……まあとりあえず、情報収集のためにも、アンリエットとも色々話をしたいかな」

冒険者をやっているのは明らかだが、何故そんなことになったのかはまるで分からない。

その辺の話を聞ければ、何か手掛かりとならないだろうか。

「あとは……まあ、リゼットも、かな」

あっちもあっちで、何故あんなことになったのか分からない。

話を聞いてみる価値は十分にあるだろう。

「本当はあの場に割り込んで両方と話すのが手っ取り早いんだろうけど……さすがに無理だよねぇ」

両方から邪険にされる未来しか見えない。

ここは効率を優先するのではなく、確実性を重視すべきだ。

「でもそうなると、やっぱり先に話すべきはリゼット、かな？」

先ほどの反応は悪くはなかったが、さすがに見知らぬ男から身の上話を打ち明けろと言われて素直に話すアンリエットではあるまい。

むしろアンリエットのことを思えば、そこに至るまではそれなりに時間がかかりそうだ。

となれば、まずはリゼットの方を優先すべきだろう。

「……それにしても、本当に違和感しかないなぁ」

そんなことを考えながら、アンリエットとリゼットが会話している姿を眺め、呟く。

アレンの認識では、アンリエットは帝国の侯爵令嬢で、リゼットが帝国の騎士団の団長なのだ。

そんな二人が冒険者と受付嬢として辺境の街の冒険者ギルドで会話を交わしているなど、違和感しかなくて当然であった。

「ノエル達は特にそういう違和感はなかったんだけど……まあでも、それも当然か」

ノエルはエルフの王を自称してはいたものの、それらしい姿を見たのは、それこそ初対面の時ぐらいだ。

それ以降はアレンの知っているノエルとそれほど違いはなく、それはミレーヌも同じであった。

二人のやり取りに至っては、アレンの知っているそれとまったく違いが感じられないほどで……

それは違和感を覚えなくて当然である。

「……とはいえ、この先もそういうわけにはいかないんだろうなぁ」

きっとそんなことは、この先沢山あるのだろう。

それは仕方のないことである。

「うーん……ある意味では見たいような、見たくないような……」

正直なところ、元の世界では決して見ることはなさそうなことなので、見たくないと言ったら嘘になる。

違和感はあるが、それはそれ、これはこれだ。

「……ま、なるようにしかならない、か」

そんなことを言っている間に、アンリエットがカウンターから離れた。

どうやら用件は終わったらしい。

どことなく満足そうな顔に見えるが、何の話をしていたのだろうか。

だがもちろん、その話をアンリエットから聞くことは出来ない。

アンリエットは一瞬だけアレンに視線を向けたものの、そのままギルドを出て行ってしまった。

それは当然のことでしかないのだが……思わず、溜息が漏れる。

「やれやれ……我ながら、どうしようもないなぁ」

どうやら自分は、アンリエットから気にされていないことを、それなりに気にしているらしい。

そんな自分の感情を認識し、アレンはもう一度溜息を吐き出した。

「ま、だとしても、今は他に優先すべきことがあるからね」

そうして気を取り直すと、カウンターの方へと視線を向けた。

今のところ他に向かおうとしている人の姿はなく、リゼットは手持ち無沙汰といった様子だ。

つまりは、チャンスであった。

「……とはいえ、どうやって話を切り出したものかなぁ」

身の上話を聞いたところですぐに話してくれるわけもない、というのはリゼットも同じだろう。

受付嬢をしているとなれば、そういうことには慣れていそうなので、しっかり考えなければならない。

さて……どうしたものか。

そもそも、アレンはリゼットのことを知ってはいても、そこまで詳しいというわけではない。

正直、会話の糸口となるものさえ見つからなかった。

「さすがに帝国の話を持ち出すのは唐突過ぎるだろうし……」

本当にどうしたものかと思いつつ、リゼットの姿を眺めながら、アレンは思索にふけるのであった。

変わっているものと変わらぬもの

どうしたものかと考えながらカウンターを眺めていたアレンは、ふとあることに気付いた。

リゼットがいることや、アンリエットが来たことですっかり頭から抜けていたのだが、本来カウンターの向こう側にいるべき人物の姿がないのである。

アレンが冒険者ギルドの受付嬢と言われれば真っ先に頭に浮かぶ人物であり、馴染みの相手でもあるナディアだ。

まあ、偶然今日は休みだとか、休憩中だとか、そういうことなのかもしれないが――

「ふーむ……これは使えそう、かな？」

話の取っ掛かりとしては悪くあるまい。

あるいは、彼女の場合は逆にギルドの受付嬢をやっていない、という可能性もあるが……その時はその時だろう。

何にせよ、話のきっかけにはなりそうだ。

そして、そうと決まればこれ以上様子を眺めている必要はなかった。

「すみません、今ちょっといいですか？」

「はいっ、もちろん大丈夫っスよ！　冒険者ギルドはいつでもだれでも大歓迎っスから！」

と、そうして話しかけてみたものの、返ってきた声は予想していたものとは少し異なっていた。

妙に明るくハキハキしているというか、悪いわけではないものの、この場にはちょっと合わないような気がしたのだ。

冒険者とは、何だかんだ言ってその大半がならず者である。

特に辺境の街のような場所にいる冒険者ともなれば尚更で、たとえばナディアなんかは、丁寧に接しつつも、決してそういった相手に付け入る隙を与えないような態度を取っていた。

対して、リゼットの態度は付け入る隙になりそうなものだが……と、そこまで考えたところで、いや、と思い直す。

考えてみれば、アレンがまともに対応した事のある受付嬢はナディアぐらいのものである。

他の受付嬢のスタンスが分からない以上は、これはこれで正解なのかもしれない。

「……？　どうしたっスか？」

「ああ、すみません。実はここに知り合いがいるって聞いたんですが、その人の姿が見当たらないので、どこにいるのかなと思いまして」

「知り合い、っスか？」

「はい……ナディアさんって言うんですけど」

その問いに、リゼットは僅かに眉をひそめた。

その反応に、これは外したかな、と思ったものの、どうやらそれは早計《そうけい》だったようである。

「ナディア先輩っスか……それはちょっとタイミングが悪かったっスねえ」

「タイミングが悪い……？」

「ええ。ナディア先輩は、今はちょっとした用事で他の街に出張してるんス」

「……そうなんですか」

なるほど、ナディアは変わらずここのギルドに勤めているらしい。

だが、出張で留守にしている、と。

あくまで話の取っ掛かりとして尋ねたことではあったが、得られた情報は中々悪くなかった。

少なくともアレンの知る限り、辺境の街のギルドの受付嬢が他の街に出張する、ということはなかったからだ。

しかもそれは偶然ではなく、意図的にそうなっている、という話を以前ちらっと耳にしたことがあった。

つまりは、変わっていないように見えて、やはりここもアレンの知っている場所とは少し違う、というわけである。

まあ、今のところはそれで何がどうなるわけでもないが。

「ちなみに、いつ頃戻るとかは……？」

「んー……それがちょっと分からないんスよねえ。ああ、これは別に教えられないとかじゃなくて、ただの事実っス。まあ、単に自分に知らされてないってだけかもしれないっスが。自分ぺーぺーっスから」

ナディアがしばらく戻りそうにないというのは、良くはないが悪くもない、といったところだろうか。

ナディア本人に対して情報収集をすることが出来ないというのは明らかに悪いことだが、代わりにアレンの嘘がバレることもない。

おそらくナディアもアレンのことは知らないと答えるだろうから、その辺の面倒事が生じる可能性を考えれば、悪くないだろう。

その場合は一応言い訳を考えてはいたものの、しなくて済むならばそれに越したことはない。

ナディアに対しての情報収集は出来るならばしておきたいところだが、必須というわけでもないのだ。

総合的に見れば、比較的悪くないという結論になるだろう。

そんなことを考えながら、それとは別に気になったことを尋ねてみた。

「ぺーぺーって……そうなんですか？」

「はい。見ての通りっス。だからそんな風に丁寧に喋ってもらわなくてもいいんスよ？　むしろそういう風に接されると、こっちの肩身が狭くなるっス」

「……そういうことなら、遠慮なく。いやでも、本当に？」

「本当っスが……え、もしかして自分、そう見えないぐらい態度でかいっスか⁉」

「いや、そういうわけじゃないんだけど……」

だが、とても新人に見えないというのは本音であった。

ナディアを先輩と呼んでいたものの、リゼットの方が先輩だと言われても納得できるぐらいには。

「つまり……自分の顔が老けてるってことっスか⁉」

「いや、そういうのでもなくて……なんて言えばいいのかな。ベテランみたいな風格を感じるというか……ああ、落ち着いて堂々としてるように見えるから、かな？」

それはあるいは、自信、と言うべきかもしれない。

たとえ何があってもどうにか出来るという自信を、リゼットの全身から感じ取ったのである。

そしてどうやらその言葉には納得がいったらしい。

「堂々としてる、っスか……なるほど、そういうことならそうかもしれないっスね。こう見えても自分、色々と修羅場《しゅらば》とか潜《くぐ》ってきてるっスから。――その辺に関しては、この街に住む他の人達と変わらないっス」

「……そっか」

これは、どっちだろうか。

だからこれ以上深くは聞くなと牽制《けんせい》しているのか、それとも言葉以上のものはないのか。

少し考え、一先ずこれ以上は止めておくことにした。

何故リゼットが辺境の街の冒険者ギルドで受付嬢をやることになったのかは色々な意味で気にはなるが、別に急いで知る必要はない。

というかこの時点で、必要最低限の情報は得られているのだ。

リゼットはアレンのことを見ても、特に反応することはなかった。

つまりは、リゼットもやはりアレンのことを知らないということである。

それが分かっただけでも、一先ずの目的は達成できたのであった。

あとは――

「あ、そうだ。ついでってわけじゃないんだけど、これって使えるかな？」

そう言ってアレンが差し出したのは、ギルドカードである。

もちろん自分のであるが、ここで使えるのか確認したかったのだ。

現状アレンが頼りに出来る人物は見つからず、手持ちも心許ない。

何らかの手段で稼がなければならないが、そうなると思い浮かぶのは冒険者として依頼を受けることだ。

だが新人の冒険者とそうでない冒険者では依頼の質に差があり、それはそのまま報酬に直結する。

まあ最悪適当な魔物を狩ってその素材を売るという手もあるが、依頼で稼げるのならばそれに越したことはない。

とはいえ、使えない可能性もありそうだが……さて、どうだろうか。

「これって……普通のギルドカードに見えるっスが、もしかして何か違うんスか？」

「あー……うん、まあ、そうだね。ちょっとね」

首を傾げ不思議そうにするリゼットに、アレンは曖昧に頷いた。

まあ、そこを気にするのは当然か。

普通のギルドカードならば、わざわざ使えるかなんて聞く必要はないのだから。

もっとも、本当のことを言うわけにはいかないので、誤魔化すしかない。

だが、何か事情があると思ったのか……あるいは、こういうことも、ギルドではよくあったりするのだろうか。

リゼットはそれ以上尋ねてくることはなく、差し出されたギルドカードを受け取ると、軽く全体を眺めた。

「んー……特に変わったところは見当たらないっスけど……」

そう言いながら、リゼットは手元で何かを弄りだした。

アレンからはよく見えないが、確認してくれているらしい。

そのまま少しの間待つと、やがてリゼットは顔を上げた。

「やっぱり、特に問題はなさそうっスね。アレンさん、でいいんスよね？」

「うん、合ってるよ。そっか、よかった。ありがとう」

「お安い御用っス」

返却されたギルドカードを受け取りながら、アレンは安堵の息を吐き出す。

色々と変わってしまったが、変わらないものもあるらしい。

そんな大袈裟に考えるようなことではないはずなのだが……何だかんだでショックを受けていたということか。

「……まあでも、考えてみたらそれも当然、か」

見知ったはずの人達が、突然自分のことを知らないと言い始めたのである。

色々なことを経験してきたという自負のあるアレンでも、さすがに少し堪えるものがあった。

むしろ、まったく知らない場所に飛ばされた方がショックは少なかったかもしれない。

見知った場所で、見知った人達相手だからこそ、受けた衝撃は大きかったのだ。

……それでも、全てがなくなってしまったわけではない。

自分の身分を示すギルドカードを眺めながら、ふとそんなことを思う。

いや、そもそもの話、彼女達はアレンのことを忘れてしまったわけではなく、最初から知らないのだから、失ったと表現すること自体が間違いだ。

彼女達がそのままだからついそんな風に考えてしまったのだろうが、誰にとっても失礼な話である。

そう、アレンは何も失ってはいないのだ。

むしろ考えようによっては、これはお得と言えるのかもしれない。

アレンのことを誰も知らないというのならば、ここでならアレンは本当の意味で好き勝手生きられるということだ。

それはつまり、アレンの望み通りの生活が出来るということである。

「……そう考えれば、この状況も悪いものじゃないのかな？」

「……？　どうしたっスか？」

「いや……これが無事使えるんなら、どんな依頼を受けようかな、と思ってさ」

「おお……なるほどっス。アレンさん結構出来そうだから、こっちとしても期待っスね」

「いや、そんなことないって」

もちろん、ここでずっと過ごすつもりはない。

だが、少しぐらいならば、ここで息抜きがてら好きに過ごしてみてもいいのかもしれない。

そしてそこには、こっちの世界の彼女達との交流も含まれる。

どう接したものか少し悩んでいたのだが、難しく考える必要はない。

元々人の出会いと別れというのは、一期一会である。

難しく考えず、好きにすればいいのだ。

それは無責任というわけではない。

いや、どちらかと言えば、逆だ。

いつか去るつもりの場所だから好きにするのではなく、今を大切に生きようと思うからこそ、好きにするのである。

別れが約束されているからこそ、変に忌避《きひ》したりせず、やりたいようにやろう。

ふと、そんなことを思った。

そして、同時に思う。

自分は変わったのだな、と。

多分昔の自分ならば、こんな風に思うことはなかっただろう。

いずれ失われるのならばと、好きに生きると言いつつ、誰とも関わらないようにしていたかもしれない。

我ながら、その可能性は十分にあったと思う。

変わった理由は、もちろん分かっている。

彼女達のおかげで、アレンは変わった。

変わることが出来た。

だから、ここでこっちの世界の彼女達と交流をするのも間違いではないのだ。

きっとそれによって得られるものがある。

そんな風に思えた。

そしてそう思えたからこそ、アレンは目の前の少女と改めて向き合った。

情報収集は大事である。

だが、それだけで終えてしまったら、きっともったいない。

ゆえにアレンは、今度はちゃんとした会話をするために、リゼットのことを真っ直ぐに見つめながら口を開くのであった。

恩人

眼前の建物を眺めながら、ノエルはゆっくり深呼吸を繰り返した。

自分がらしくもなく緊張しているのを感じるが、分かったところでどうにかなるものでもない。

さらに数度の深呼吸を繰り返し……諦めた。

これはどうやら、そう簡単に治まるものではないようだ。

ならば、もういっそ開き直るしかあるまい。

「……本当に、らしくないわね」

自嘲するように呟き、溜息を吐き出す。

幸いなのは、ここには自分一人しかいないことか。

付いてくると言っていたミレーヌを置いてきたのは正解だったようだ。

別にこうなることを予想していたからではなかったのだが、結果的によかったのだから問題ないだろう。

そんなことを考えながら、改めて眼前の建物を眺める。

一見するとそこまで変わってもいない家だ。

何の変哲もないとは言わないものの、そもそもこの街はその特異性ゆえか変わっている家が多い。

そこから考えれば、十分普通の範疇だろう。

とはいえ、あくまで一見すると、の話である。

軒先に無造作に剣が転がっているような家が、普通のわけがあるまい。

「……そのはず、なんだけどね」

だというのに、ノエルがその家に抱いた印象は、懐かしさであった。

変だと思うよりも先に、郷愁《きょうしゅう》の念に近い何かが頭を過《よ》ぎる。

もっとも、昔の記憶のないノエルには、これが本当に郷愁なのかは分からないのだが……多分、そう遠いものではないのだろう。

少なくともあの頃は、あの家を……この家とよく似た雰囲気を持つあそこを、自分の家のように思っていたのだから。

「さて、と……」

ともあれ、いつまでも家の前にいるわけにはいかない。

いい加減、覚悟を決めるとしよう。

そう決意を固め、もう一度だけ深呼吸をすると、家に向かって歩き出した。

そのまま玄関へと辿り着き、扉へと手をかける。

躊躇いは一瞬だけで、そのまま扉を開けた。

直後、視界に映し出された光景に、ノエルは目を細めた。

ここはノエルにとって知らない場所である。

初めて訪れた場所で、そもそもこの街に来たこと自体が初めてだ。

だというのに、不思議と知っている気がした。

そのせいか、進む足取りにも迷いはない。

家に入る前から聞こえていた音に導かれるように、その発信源へと真っ直ぐに進んでいく。

そして、その背中を見つけた。

「……変わってないわね」

思わず、呟いた。

鉄を打つ音。

鉄を打つ姿。

かつてはずっと聞いていた音で、ずっと見ていた姿だ。

あの頃の自分にはそれしかなく、それが全てであった。

それ以外のものがあるなんて、想像したこともなくて……と、そこまで考えたところで、ノエルは首を横に振った。

自分はあの頃の自分とは違うのだし、今日はそんなことを思い出すためにここに来たのではない。

そう思いながら、数度の呼吸を繰り返した後、その背中へと声をかけた。

「久しぶりね…………ヴァネッサ」

自分を拾い、助けてくれた、恩人。

この街に来た理由であり、思ったよりもあっさり見つかったドワーフの女鍛冶師。

……かつて、母のようにも思っていた人。

だが、素直に母と呼ぶには気恥ずかしく、その人となりを知ってからは尚更呼べなくなった。

偏屈で頑固なこの人は、絶対そう呼んだところで認めないことは明らかだったから。

だから実際にそう呼んだことはなく、かといって他の呼び方をするには時間が足りなかった。

関係性が固まる前に、ノエルの下に迎えがやってきたからだ。

あるいは、それがなければ、師匠などと呼んでいたのかもしれない。

しかしそれは有り得なかった過去の話である。

ゆえに彼女の名を口にし……言ってから、そういえば、彼女の名を呼んだのは初めてかもしれないと思い至った。

まあ、だからどうだというわけでもないのだけれど――

「……なんだ、誰かと思えば、お前か」

どんな反応があるだろうかと、僅かに身構えていたところに返ってきたのは、そんな言葉であった。

それは思っていたよりも淡白なものであった。

ただ、考えてみれば彼女の態度はかつてもずっとそんな様子であり、つまりはこれもまた変わらぬものだ。

別に悪いものではなく……そう思うのに、何故か一瞬言葉に詰まった。

「……ええ。久しぶりね」

だからか、同じ言葉を繰り返した。

とはいえ、事実なのだから別におかしなことでもなく――

「何をしに来た？　エルフの王様が来て楽しい場所でもなかろう？」

返ってきた、まるで突き放すような言葉に、今度こそはっきり言葉に詰まった。

もちろん、分かっている。

彼女のそれは普段通りなだけで、そこに他意などはないのだろうということは。

だが、それは逆に言えば、普段通りでしかないということだ。

数年ぶりに再会した相手に対して、僅かばかりの熱量もないということで……まるで、お前なんかどうでもいいとでも言われているかのようであった。

そして、彼女にそのつもりがない……とは、言い切れなかった。

実際のところ、それでも別におかしくはないのだ。

共に暮らしていたのはほんの僅かな時間だけで、それを薄情というのは違うだろう。

ノエルにとって彼女は恩人だが、彼女にとっての自分は偶然拾っただけの子供に過ぎない。

分かっている。

分かっていた。

そこまで含めて、全て理解していた。

そのつもりだったのだが……いざその状況に遭遇してしまうと、何も言えなかった。

だが……これも数年でしかなくともエルフの王として過ごしてきたからだろうか。

浮かんでは消える様々な全ての感情を、溜息一つで押し殺した。

「……別に、そうでもないわよ？　昔を思い出して懐かしくもなったし、興味深くもあるもの」

「……そういえば、お前は鍛冶に興味を示す妙な子供だったか」

「妙って、失礼ね」

そもそも、別に鍛冶に興味があったわけではない。

ただ、彼女が鍛冶ばかりをする……というか、鍛冶しかしなかったから、必然的に気になっただけだ。

「まあいい。で？　何しに来た？　まさか遊びに来た、というわけではあるまい」

「……そうだけど。本当に、変わらないわね」

呆れ交じりの溜息を吐き出す。

人里離れた山奥から人のいる場所に越してきたのだから、何か変わったのかと思えば、本当に何も変わっていないようだ。

これだけのやり取りでも、それを理解するには十分であった。

「まあいいわ。それで、何をしに来たか、だったかしら？　もちろん、理由はあるわ」

「ごちゃごちゃ煩《わずら》わしいのはいらん。さっさと理由だけ話せ。見ての通り、あたしは忙しい」

「忙しいって……どうせ、誰に売るわけでもない剣を打ち続けてるだけでしょ？」

「……」

反論がないあたり、事実のようだ。

本当に、あの頃から何も変わっていない。

彼女は剣を打ち続けているが、それは誰かに売ることを目的としていなかった。

時折売ることはあったものの、それはあくまで結果的にだ。

彼女はただ、剣を打ち続ける。

まるでそれ自体が目的であるかのように、ひたすらに剣を打ち続けるのだ。

そんなことをする理由は分からない。

単純に剣を打つことが好きなのかもしれないし、あるいは、それ以外にやることを知らないのかもしれない。

聞いたことはないし、聞いたところで答えてくれないのだろうという確信があったので聞こうとしたこともなかった。

分かっているのは、彼女はどんな時でも剣を打ち続けるということだけだ。

今この時も、そうであるように。

「……まったく、久しぶりに話すっていうんだから、ちょっとぐらい手を止めようとは思わないのかしら」

「剣を打つことよりも優先することがあるならそうするさ」

つまりは、自分と話すことはそれに当たらない、ということらしい。

一瞬湧き上がってきた感情を溜息で押し流し、代わりのように口を開く。

「……あっそ。ま、別にいいわ。今日はあの時言えなかったお礼を改めて言いに来ただけだから」

「礼……？　何の話だ？」

「私があそこから出てった時の話よ。色々急で忙しなかったし、ヴァネッサはヴァネッサで変わらず剣打ってたしで、まともに挨拶もしないまま出てくことになったでしょ。でもその後は色々やることがあったから忙しくて、中々お礼を言いに行くことも出来なくて――」

本当に、色々とあったのだ。

エルフの王としてやらなければならないことも覚えなければならないことも沢山あって……皆は焦らなくていいと言ってくれたのだけれど、それでも、王となることを決めたのは自分であった。

迎えが来た時、ノエルには選択肢があった。

あそこに残ることも出来たし、王にならないことを選ぶことも出来たのだ。

迎えに来た人達は、ノエルに決して何かを強要することはなかった。

全て自分で選んでくれていいと、ノエルが王にならなくとも何とか他の手段を探してみると、そう言ってくれて……だが、それが無理をしてのものだったのは、当時子供で、昔のことを何一つ覚えていないノエルにも分かった。

だからこそ、ノエルは彼らの王になることを選んだのである。

そして自分で選んだ以上は、どれだけ大変だろうとやり遂げなければならなかった。

それに大変ではあったけれど、決して嫌というわけではなく、やりがいがあった。

ただ、そのせいであの山に再び向かう余裕なんかなくて、気が付けば数年が経っていた。

さらには帝国のゴタゴタのせいでより忙しくなって……でもその結果この国に来ることになって、偶然彼女のことを知り――

「――ふんっ」

だが、そんなノエルの何もかもを否定するかのように、ヴァネッサは鼻を鳴らした。

「あの時も言ったはずだぞ？　別に礼を言われるようなことは何もしていないとな。拾ったのはたまたまで、そこから先はそもそも何もしてない。そんなことは、お前が一番よく分かっているだろうに」

「……それは」

確かに、そうだ。

拾われ、命を助けられはしたものの、それからヴァネッサがノエルに対し積極的に何かをしてくれることはなかった。

むしろノエルの方がヴァネッサの世話をしていたほどだ。

だが、それでも……。

「用件はそれだけか？　なら、さっさと出ていけ。言っただろう？　あたしは忙しい」

「……っ」

一瞥《いちべつ》することもなくヴァネッサはそう言い捨て、それ以上口を開くことはなかった。

反射的にノエルは何かを言おうと口を開き……しかし、その何かが音になることはなかった。

ただ、鉄を打つ音だけがその場には響き……ノエルは、ヴァネッサに背を向けた。

これ以上は何を言っても無駄だと、よく分かっていた。

別れの言葉もないまま、歩き出す。

ヴァネッサからはもちろんのこと、ノエルも何も言うことはなく、部屋の端へと辿り着く。

最後に一度だけヴァネッサの方へと視線を向け……だがヴァネッサは、それが当たり前だと言わんばかりに鉄を打ち続けるだけであった。

最後の一瞬すら、視線を向ける価値すらもないと、そう言われているようで……しかし、吐き出しかけた溜息を飲み込む。

ちっぽけであったとしても、それがノエルの意地であった。

そうしてノエルは、何も果たせず、何の意味も得られぬまま、その場を後にするのであった。

見慣れぬ家

冒険者ギルドを後にしたアレンは、さて、と呟いた。

「これからどうしようかなぁ……」

リゼットと話をしているうちに、すっかり時間が経ってしまったようだ。

まだ日は高いものの、どちらかと言えば既に夕方に近い。

おそらくはそう遠くないうちに日は沈み周囲には暗闇が満ちるだろう。

出来ることはそう多くはない。

「まあ、とりあえずは宿を探すのが無難かなぁ……」

何をするにしろ、まずは拠点となる場所を定めるのが先決だろう。

アレンはここに腰を落ち着け、じっくり情報収集を行うことを決めている。

どうせすぐに情報が集まるわけもないのだ。

というか、そもそもどんな情報を集めればいいのかもよく分かっていない状況である。

そんな状況で焦ったところで碌《ろく》な目に遭わないだろうということは分かりきっていた。

「……ま、せっかくだからこの状況を楽しもう、って気持ちがないと言えば嘘になるけど」

だが、それぐらいは構わないだろう。

知っているようで知らない、この世界での生活を少しだけ楽しむぐらいのことは。

「あー、というか、その辺のことはギルドで聞いとけばよかったかな？」

リゼットと話していたのは本当に他愛のないことばかりで、その辺のことは思いつくことすらなかったのだ。

あれはあれで十分有意義な時間だったと思っているが、それはそれとして失敗したと思う。

「んー、かと言ってまた戻るのもアレだしなぁ」

聞けば普通に教えてはくれるだろう。

まだ受付が混む時間ではないので、そういう意味でも問題はないはずだ。

だが、気分的な問題で行きづらく――

「……ま、自分の足で探せばいっか」

アレンが知っている宿と言えば昔リーズ達が泊まっていたところしかないが、幸いにもこの街の地理にはそれなりに明るいという自信がある。

他の宿がありそうな場所の心当たりはいくつかあるし、何とかなるだろう。

そんなことを考えながら歩き出し、一先ずリーズ達が泊まっていた宿へと向かうことにした。

今の手持ちを考えると泊まるのは難しそうだが、念のためだ。

それに、ギルドまでの行き先に違いはなかったものの、他もそうではあるとは限らない。

そこを確かめる意味もあった。

「……というか、考えてみたら、確実に僕が知っているのと違うところが一つあるんだよね」

アレン達が住んでいた、あの家だ。

ノエルがこの街に住んでいない以上、その時点で違いがあるし、それ以前にあの家は無人となっている可能性すらある。

アレンが買った時ですら、買い手がつかなくてしばらく放置されていると言われていたぐらいだ。

そのおかげで割とお買い得な感じで買えたのだが……ともあれそういうわけで、少なくともあそこはアレンの見知らぬ場所となっているに違いなかった。

「んー……でもそっか。別に拠点とする場所は宿屋じゃなくてもいいんだよね」

たとえば、あの屋敷とかでもいいわけだ。

もちろん今のアレンの手持ちで買うのは無理だろうが、買った時の値段から考えれば、借りるぐらいならば出来るのではないだろうか。

まあ、誰かが既に買ったりしている可能性はあるし、それ以前にここには存在していない可能性すらあるだろうが、その時はその時だ。

少なくとも、ここで候補から除外する理由にはならない。

「……そう考えると、悪くない気がしてきたかな?」

元よりあそこはそれなり以上に思い入れのある場所だ。

ここでも拠点とするのは、悪くない……いや、結構乗り気になってきた。

「でも、あの時は確かナディアから話をもらったのが切っ掛けだったんだよねえ……」

そのナディアは、今はギルドにいないという。

となると、誰に話を切り出したらいいのだろうか。

リゼットあたりに話して分かればいいのだが……。

「……ま、とりあえずは、今どうなってるのか確認してから、かな?」

既に誰かが住んでいたり、そもそも存在していなかったら話したところで意味がない。

それに一度実物を確認してからの方が、話も持っていきやすいだろう。

「一目見て気になったとか、そういう方向でいけそうだしね」

そう決まれば、動くのは早い方がいいだろう。

仮に駄目だったとしても、確認するのに時間はそれほど必要あるまい。

それから宿を探したところで、問題はないはずだ。

そこまで考えたところで、自分で思っていた以上に乗り気になっていることに気付き、つい苦笑を浮かべる。

「……思っていた以上にあそこに愛着持ってた、ってことなのかな？」

だが、悪い気はしなかった。

それに、愛着のある場所を拠点にすれば、さらにやる気も出てくるだろう。

そういう意味でも、悪いことではなかった。

「さて、そうと決まれば、っと」

すっかり止めてしまっていた足を動かすと、アレンはよく見知った場所へと向けて歩き出すのであった。

†

見慣れた屋敷を目にした瞬間、アレンは思わず足を止めていた。

ある程度予想はしていたものの、明らかに人の住んでいる気配があったからだ。

しかも――

「なるほど……そうきたかぁ」

呟きながら、屋敷から少しだけ外れた場所へと視線を向ける。

そこに何かがあるわけではない。

花が咲いたりしているわけでもなく、本当に何の変哲もない場所だ。

だが、アレンが確信をもってそこを見つめ続けていると……やがて、諦めたのだろう。

まるで景色ににじみ出てくるかのように、一人の少女の姿がそこに現れた。

アレンがそれに驚かなかったのは、もちろん気付いていたからであるし、誰なのかも分かっていた。

姿を消すなんて芸当が出来るのは、アレンといえど一人しか知らない。

ミレーヌであった。

「や……さっきぶり、かな？」

しかし、そうして挨拶をしても、ミレーヌが挨拶を返してくることはなかった。

それどころか、ミレーヌがアレンに向けてくる視線は、まるで敵でも見るかのようなものだ。

まあ、状況を考えれば、当然ではあるが。

「……どうして？」

その疑問は、おそらく二つの意味を含んでいるのだろう。

どうしてここにいるのかと、どうして分かったのか。

状況から考えれば、ミレーヌ達の滞在先がこの屋敷となったのは明らかである。

だがミレーヌ達は、アレンにそこのことを伝えていない。

だというのに、別れてからそれほど経っていないアレンが何故か伝えていないはずの自分達の滞在先にやってきたとなれば、警戒するのは当たり前である。

さらに、ミレーヌは自分が姿を消せるということをアレンに伝えていないし、見せてもいない。

なのに一発で見破ったとなれば、これはやはり警戒して当然のことであった。

もっとも、実際にはその心配は無用なのだが……それをそのまま伝えたところで、素直に警戒を解くわけがあるまい。

少し考えたところで、一先ずどうして分かったのか、の方を答えることにした。

「まあ、半分は勘で、半分は経験かな？」

ミレーヌの透明化は非常に見事ではあるが、何度か見たことがあるし、経験したこともある。

それが理由か、アレンはミレーヌが透明になっている時に微妙な違和感を覚えるようになっており、だから一目で分かったのだ。

しかし、そういった事情を理解していないミレーヌからは、どうやら真面目に答えているようには見えなかったようだ。

「……答える気がないのは、分かった」

「うーん……本当のことなんだけどなぁ」

肩をすくめてみせるも、視線の強さはまったく緩むことはない。

とはいえ、他にどう言ったものか。

「ああ、あと、ここに来たのは、本当にただの偶然だよ？　この街での滞在先をどこにしようかと考えるうちにここに来ただけだからね」

「……滞在先を探して？」

嘘を吐いたりせず素直に話しているだけだというのに、ミレーヌが向ける視線の強さは増すばかりであった。

まあ、こっちに関しては仕方ないのかもしれないが。

この周辺に宿はない。

滞在先を探すのに来るには不適切な場所であり、強盗先を物色しているとでも言った方が信じられそうだ。

「まあ、そんな警戒しないでも大丈夫だって。この辺に泊まれそうな場所はなさそうだって分かったからね。すぐに立ち去るよ」

彼女達の滞在先となっていることに対し、思うところがないわけではないが、使われてしまっているのならば仕方あるまい。

ここは諦めるしかなさそうだ。

二人しかいないのならば、部屋はかなり余っているだろうが、さすがに間借りさせてくれといったところで受け入れられはしないだろう。

そこまで彼女達からの信頼を得てはいないのは、このミレーヌの警戒っぷりを見るだけで明らかだ。

あるいは、助けたことを理由にすれば受け入れられるかもしれないが――

「……さすがにそれは、ね」

多少なりとも得た信頼を失うだけだろうし、そこまでして住みたいわけではない。

正直残念ではあるが、諦める程度ではあった。

「じゃ、そういうことで――」

と、その時のことであった。

その場から去ろうとしていたアレンが足を止めたのは、新しく人の気配が増えたのを感じたからだ。

アレンとは別の方角からやってきたその気配に一瞬警戒し、だがすぐに解いた。

むしろアレンよりも余程この場にいるに相応しい相手であることに気付いたからである。

「……あら？　貴方は……」

「や。さっきぶりだね」

訝《いぶか》し気な視線を向けてくる相手――ノエルに、先ほどのミレーヌと同じ挨拶を行う。

だがそれに返答はなく、ノエルはミレーヌへと視線を向けた。

どういうことなのか、ということだろう。

その意味を察したらしく、ミレーヌは首を傾げながら口を開いた。

「……泊まるところを探してたらここに来たらしい？」

「まあ、そういうこと。結果的に言えば無駄足だったわけだけど」

なるべく警戒させないようにそう続けたが、ノエルはそこで予想外の言葉を口にした。

「ふーん……いいんじゃないの？」

「え……？」

いいとは、どういう意味だろうか。

ミレーヌも驚いているあたり、完全にノエルの独断のようだが……。

「私達はあと三日もすれば出ていくもの。その後で使えばいいいんじゃないの、ってことよ」

なるほど、そういう意味かと頷く。

しかし、同時に疑問もわいた。

「三日って……随分早くない？」

「……同感。予定では、もう少し長かったはず？」

「……いいのよ。もうその予定は済んだのだから」

予定が済んだということは、この街に来た目的であるらしい恩人に会えた、ということだろうか。

だがそれにしては、ノエルの顔色がよくない気がした。

予想外のことがあった、ということなのかもしれない。

……とはいえ、そこはアレンが踏み込むことではないだろう。

「ま、すぐに出るのもアレだから、少しこの街を見て回ったりするつもりだけれど、それでも言った通り、三日後には出ていくつもり。だから、その後は好きにすればいいと思うわ」

「三日、か……」

正直なところ、思うところはある。

折角彼女達とも改めて向き合えればと思ったところなのだ。

三日程度では、碌に交流することも出来まい。

しかしそれは、アレンの都合である。

彼女達には関係のないことだ。

「んー……確かに、その間は他の宿に泊まったりしてればいいだけだしね。でも、君達が出てったとしても、すぐに僕が借りられるものなのかな？」

「……それは多分、大丈夫。使われなくて困った、とか言ってたから。おかげで、安かった」

「ミレーヌの伝手で借りたところだから、出ていく時に言っておけば大丈夫でしょうね。貴方は私達の恩人なのだから、そのぐらいはするわよ？」

「それはありがたいね」

そう答えながら、アレンは、それに、と思う。

三日しかなくとも、出来ることはあるだろう。

諦めるには早く、勿体ない。

まあ、具体的な内容は何一つ思い浮かびはしないが……折角こうして縁を結ぶことが出来たのである。

ならば、それを大事にしたいと、そう思いつつ、アレンはこの後のことを考えるのであった。

依頼と鍛冶師

「えーっと……この辺のはずだけど……」

周辺を見渡しながら、アレンは首を傾げた。

早朝と呼ぶには遅いが、昼と呼ぶには早い、そんな時間帯。

活気に満ちた街中を、アレンはメモを片手に歩いていた。

メモに書かれているのは、とある場所への行き方だ。

行き方のはず、なのだが……。

「うーん……まさかこれも含めて試されてる、ってわけじゃないよね……？」

そのメモは、冒険者ギルドで依頼を受けた際、依頼主のところへの行き方ということで渡されたものだ。

ただ、メモはギルドから渡されたものではあるが、メモ自体はギルドが用意したものではないらしい。

依頼主が用意したものであるとのことで、そこに記されているのは、大きな丸が一つと小さな丸が一つ、それとその間を繋ぐように幾つかの線が書かれているのみであった。

とはいえ、それだけであれば大した問題はない。

大きな丸は冒険者ギルドで、小さな丸が目的地、その間の線は道を示しているのだろうことは分かるからだ。

だが、辺境の街は大通りはともかく、少しでも脇道に逸れると小さな道が複雑に絡み合うように入り乱れており、非常に分かりづらい。

そしてメモに書かれている道は、そんな複雑な道を考慮していないかのように、単純にしか描かれていなかったのだ。

「気難しい人だってのは聞いてたけど……これは気難しいからなのかなぁ……？」

この依頼は、今朝ギルドに行って、最も報酬額の高いものを、と言って出てきたのを受けたものだ。

とりあえず何をするにしても元手が必要だろうと思ってのことで、ただその際幾つか注意事項を教えられていた。

一つ目は、この依頼は塩漬けとなっていたものであること。

二つ目は、その理由が、依頼主が非常に気難しい人物であること。

そして三つ目は、気難しい人物であるがゆえに、実際に依頼を受けられるかは本人に会ってみるまで分からないということだ。

そんなことがあるのかと思ったものだが、ギルドはあくまで依頼の仲介を行っているに過ぎないため、やろうと思えば出来るらしい。

もっとも、普通は余程のことでもない限りやらないらしいが。

しかしそれは逆に言えば、この依頼がその余程のものだということである。

まあ、詳しい依頼内容は依頼人に会うまで不明、という時点で分かりきっていることではあるが。

普通ならば怪しくて受けようとは思わないのだろうが、何せ報酬額が破格であった。

他の依頼と比べ一桁違っていたのだ。

それが理由で受けようとした人もいたらしいのだが、全員が色々と試された挙句断られたらしい。

中には依頼人に会うまでもなく拒否された人もいたとか。

話に聞くだけで気難しいと分かるような人物であり、塩漬けになっていたのも、その結果誰も受ける人がいなくなったかららしかった。

アレンも断られる可能性は十分あるが、とりあえず行ってみなくては分からない。

そういうわけで、依頼人のところに行くことにし、そうして渡されたのがこのメモだったのだが

――


「他の人はこれで行けたのかって聞いたら、有名人だからそもそもメモはいらなかったって話だったけど……これはそこら辺で聞いてみた方がいいのかもしれないなぁ」

別に駄目とは言われなかったし、有名人だというのならば、何人かに尋ねれば分かるだろう。

生憎アレンには聞き覚えのない名前だったが……。

「まあ、正直僕の交友関係ってそこまで広いわけじゃないしね。ただ、冒険者にとっては有名な人、とかだったらそこら辺の人に聞いても分かるか怪しいところだけど……」

それでもとりあえず話を聞いてみようかと思い、周囲を見渡し……ふと、アレンは首を傾げた。

何となく既視感があるような気がしたのだ。

見覚えがないはずなのに見覚えがあるような――

「……いや、そういえば最近来てなかったし、周辺の様子が記憶にあるのと違ったから気付くのが遅れたけど、ここってもしかして」

気付いてしまえば、もう迷うことはなかった。

そこへと真っ直ぐに足を向け……やがて、辿り着いた。

アレンにとって、住んでいた屋敷を除けば、下手をすれば冒険者ギルド以上に思い入れのある場所。

「……ヴァネッサ、か」

依頼主の名前を呟きながらしばらくの間その家を眺めていたが、いつまでもそうしていたところで仕方がない。

意を決して近付くと、ノックをし――

「……うーん、反応なし、か。多分反応はないから勝手に中に入っていいってことだったけど……」

家の中から音が聞こえてくるので、不在ということはないはずだ。

何かを叩くような音が規則的に聞こえてくる中、数度ノックを繰り返してみるも、やはり反応はない。

「……ま、依頼人がいいって言ってたらしいし、いいか」

諦めて扉を開け、中に入る。

耳に届く音がさらに大きくなるが、相変わらず何の反応もなかった。

仕方なく歩を進め……見えてきた背中に、一瞬、足を止めた。

「……ノエル？」

「――あ？」

反射的に口をついた名前が聞こえたのか、規則的に響いていた音が止み、背中を向けていた人物がこちらを振り返った。

視界に映し出された姿は、ノエルとは似ても似つかないものであった。

顔の形どころか、そもそも髪の色の時点で異なる。

血の繋がり以前に、種族自体が違うのだ。

似ているところを探す方が難しいほど違うのも当然のことで……それでも、一目見た時に得た印象が覆《くつがえ》ることはなかった。

彼女は、ノエルに似ている。

いや……ノエルが、彼女に似ているのか。

彼女が、ノエルの師匠だ。

聞くまでもなく、それが分かった。

「……誰だ？　見ての通り私は忙しいし、物を売れってんなら話を聞くつもりはねえが——」

「あ、いえ……あの、ギルドに出ていた依頼を受けたんですが……」

言葉と共に向けられた鋭い視線に、慌ててここに来た用件を告げた。

彼女がノエルの師匠だというのならば、色々と気になることはあるものの、それは彼女達の問題である。

アレンに立ち入る資格はない。

それよりも、依頼を優先すべきである。

そもそも、ギルドで聞いた話によれば、問題はここからなのだ。

気を抜いている暇はない。

そうして気を取り直していると、向けられていた瞳がさらに鋭く細められた。

「……ほぅ？　ここ最近は来る奴もいなくなってたから、てっきり取り下げられたのかと思ってたが、まだ来るような物好きがいやがったのか」

「物好きって……自分で出した依頼ですよね？」

「ふんっ、どうせ来るのは碌なやつじゃねえって分かってたからな。今回はただの物好きじゃないといいんだが……」

そう言って品定めでもするかのようにジロジロと全身を見られるが、とりあえず即座に叩きだされるということはなさそうだ。

安堵に小さく息を吐き出すと、ん？　という呟きが耳に届き、その目が僅かに細められたのが見えた。

「……その剣」

「はい？　あ、これですか？」

どうやら、アレンの持つ剣が気になったようである。

何かを確かめるようにじっと見つめる姿に、何故か少しだけ緊張した。

それは多分、この剣を打った人物と、目の前の人との関係を知っているからだろう。

自分を測られていること以上に、そのことが気になった。

「……いや、何でもない。悪くない剣だ」

だから、そう言われたことに、嬉しさを感じた。

はっきり褒められたわけではないものの、それは褒め言葉であることが何となく分かったからである。

ノエルの打った剣が、師匠と呼び慕っていた人物に褒められた。

それはつまり、ノエルの腕が認められたということでもある。

そのことが、妙に嬉しかった。

「まあ、とりあえず話を先に進めんぞ。私が、依頼を受けるのに相応しいやつか試すって話は聞いてんな？」

「あ、はい、一応は」

「なら、そうだな……よし、アレでいいだろう。マンドラゴラ、って知ってるか？」

「それはもちろん、知っていますが……」

有名な代物なので、当然知ってはいる。

だが、アレは確か錬金術などで使うものだったはずだ。

鍛冶師に必要だとは聞いたことがないが……。

「何を言いたいのかは分かる。だが、別に私は単に無理難題を吹っかけてるってわけじゃない。マンドラゴラは鍛冶にも使えるんだよ。あまり知られてないがな」

「そうなんですか……」

嘘を言っているようには見えないので、おそらく本当なのだろう。

そんなことにも使えるのかと驚きを覚えつつ、ただ、それとは別に一つ疑問が湧いた。

「どうした？　何か疑問でもあるのか？」

「……まあ、疑問と言えば疑問ですが……マンドラゴラってアレですよね？　地面から引き抜いた時の叫びを聞くと命を奪われるっていう」

「ああ、それで間違いはない。ここからそう遠くない森の中に生えてるはずだからな。それを採ってこいって話だ。ああ、もちろん依頼料の中には含まれてるぞ？　相場から考えても問題はねえだろ？」

実際それは問題なかった。

マンドラゴラは採取するのに危険を伴うこともあってそれなりに高額で取引されるものだが、今回の依頼の依頼料を考えればそこにマンドラゴラの採取が含まれていたところで何の問題にもならない。

だからアレンが気になったのは、むしろ逆で、本当にそんなことでいいのか、ということである。

正直なところ、マンドラゴラは確かに採取をするのに命がかかることもあるが、それを回避しつつ採取するのはそう難しいことではない。

もちろん誰でも出来ることだとは言わないが、誰かは出来るだろう程度のことだ。

誰も出来ずに門前払いされた、とまで言われていたような依頼で出されるものにしては、少し簡単すぎる気がしたのである。

それとも、これはあくまで序の口で、徐々に難しい課題が出されるようになる、ということなのだろうか。

「……ま、とりあえず先に進めてみなくちゃ分からない、か」

面倒なことになるのは承知の上で、それでも依頼料の高さを取ったのだ。

この程度のことは想定内である。

それに……彼女がノエルの師匠であるのならば、こうして関わっていくことは、きっと無駄にはなるまい。

そう思い、一先ず詳しい話を聞くため、耳を傾けるのであった。

見知らぬ彼女

太陽が頭上に差し掛かる頃、アレンは日の光の届かない場所を歩いていた。

生い茂った森の中であり、マンドラゴラが生えていると教えられた場所であった。

しかし、周囲を眺め足を止めると、アレンは溜息を吐き出した。

「うーん……そういえば、僕ってマンドラゴラ見たことなかったなぁ……」

端的に結論を言ってしまえば、アレンは迷っていた。

ただし道にではなく、マンドラゴラを見つけること自体にだ。

有名だからすっかり知っている気でいたのだが、実は実物を見たことがないということに、この森に来てから気付いたのである。

「引き抜ければ分かるだろうけど、正直見分けがつかないし、さすがに実行するのもねえ……」

適当に引き抜くにはそれっぽいものが沢山生えているし、何より当たってしまった時が問題だ。

アレの叫び声は結構な範囲に届くと聞いている。

もしもその範囲に誰かがいた場合、大変なことになってしまうだろう。

「何よりも問題なのは、その範囲がどのぐらいなのかが分からないってことなんだよねえ……」

あまり人が近寄らない場所だと聞いてはいるが、たまに冒険者がやってくることはあるらしく、実際今も何人かの人の気配をアレンは感じ取っている。

万が一その人達がマンドラゴラの叫び声が聞こえる範囲にいてしまったら、問題でしかあるまい。

「本来は結界を張って遮断するつもりだったけど、さすがに無造作《むぞうさ》に引き抜きまくる時にやるのはなぁ」

この森は結構広いようだし、さすがに手間がかかりすぎる。

最悪の場合はそうするしかないが、出来れば最後の手にはしたいところだ。

「となると、誰かに聞くか……」

幸いにも、何人かの気配は感じるのだ。

尋ねてみれば、一人ぐらいは教えてくれるかもしれない。

「……いや、外見を口頭で教えられても分からない、かなぁ？　かといってさすがに一緒に探してもらうのは無理だろうし……」

だが、とりあえず挑戦してみるのはありかもしれない。

と、そう思った時のことであった。

「――うん？　これは……」

不意にアレンの耳に届いたのは、轟音であった。

僅かではあるが足元に揺れを感じ、反射的に音が聞こえた方へと視線を向ける。

アレンの感覚が捉えたのは、一匹の魔物と戦う誰かの気配だ。

それは別に珍しいことではないし、この森にいるとなればその誰かは冒険者だろう。

そう思ったのだが、何となく気になったアレンはさらに感覚を研ぎ澄ませ……掴んでしまったそれに、思わず溜息を吐き出した。

その誰かが誰なのか、分かってしまったからだ。

一瞬迷い、直後に再度溜息を吐き出す。

「……仕方ない、か。本当は色々な意味でよくはないんだろうけど……」

さすがに放っておくことは出来なかった。

仕方ないともう一度呟き、目を細める。

そして、音のした方向へと――『彼女』のいる場所へと、駆け出した。

†

アレンがその場に到着したのは、最初の音を耳にしてから数度目の轟音が響いた時のことであった。

丸太のように太い腕が地面に叩きつけられ、地響きと共に地面が抉られる。

まともに受ければただではすまないだろう一撃を、だがギリギリのところで避けた少女が盛大な舌打ちをした。

「こんなのがいるなんて、聞いてねえんですけど⁉　ギルドは事前調査もっとしっかりやりやがれです！」

罵声を浴びせながら、ついでとばかりに少女の腕が振り抜かれる。

握られている剣が少女の胴体と同じぐらいの太さの腕に叩きつけられ、だが甲高い音を立てて弾かれた。

「っ……かってぇ、です⁉　鉄でも仕込んでやがんですか⁉」

実際音だけを聞けば、鉄でも叩いたかのようなものであった。

しかしそれはゴーレムとかではなく、間違いなく生物だ。

それを主張するかのような一つ目の巨大な瞳が動き、少女の姿を捉える。

「……サイクロプス、か」

アレンが口の中で呟いた言葉に応えるように、その腕が再び振るわれ、轟音が響いた。

少女の立っていた場所が無惨にも巨大な穴と化すが、その時には既に少女の姿はそこにはない。

無事に飛びのいているのを確認しながら、アレンは目を細めた。

「うーん……でも確かに、僕もあんなのがここにいるなんて話は聞いてないんだよねえ。というか、明らかに不自然っていうか……」

この森にいる魔物とは何度か遭遇したが、明らかにレベルが違う。

この森の主と考えるにしても、それでも過剰だ。

あれでは強すぎて、生態系に影響を与えてしまうほどだろう。

「まあでも、たまにそういうことがあるって聞くし、運悪くそういうのに遭遇しちゃったってことなのかなぁ……？」

彼女ならば、そういったことがあっても不思議ではなさそうだ。

実際にどうなのかは分からないが、何となくそんな雰囲気がある。

「っ、何だってこんなことに……これでも日頃の行いは良い自信があるんですが!?」

多分、単純に運が悪いのだろう。

そんなことを思いながら、さてどうしたものかと考える。

叫び散らしているあたり一見すれば余裕そうにも見えるが、実際のところあれはそうすることで自分を鼓舞しているだけだろう。

サイクロプスからの攻撃は何とか避けられているようだが、そこからの反撃がまったく通じている様子がない。

あのままではじり貧になるのは目に見えているし、おそらくそれを最も理解しているのは彼女自身だ。

だからこそ何とか現状を打破しようと自らを鼓舞し……だが残念ながらその効果は薄そうである。

このままでは遠からず、地に伏すこととなるだろう。

それを理解していながらアレンが何もしないのは、正直迷っているからだ。

ここまで来はしたものの、彼女は冒険者である。

冒険者として、ここにいるのだ。

ならば、こういったことがあるのも覚悟の上のはずで、安易な手助けはその覚悟を侮辱する行為だと思うからである。

まあ、それが分かっているならここに来るなという話なのだが――

「……それでも放っておくわけには、ね」

全てを理解していても、彼女――アンリエットを見捨てることは、アレンには出来なかった。

彼女がアレンのことを知らなくとも。

彼女がアレンの知る彼女と違うのだとしても。

それはそれ、これはこれなのだ。

「ま、それはともかくとして……本当にどうしようかな」

見捨てるという選択だけはないが、助けるにしてもどう助けるかというのが問題だ。

堂々と助けるか、こっそり助けるか、サイクロプスを倒してしまうか、アンリエットを逃がすのか。

色々な選択が有り得るだけに迷いものであった。

「隙があれば逃げるのか、それとも意地でも倒そうとしてるのか、アンリエットがどっちのスタンスなのかも分からないしなぁ……」

というか、おそらくアンリエットにはそういったことを考える余裕すらないのだろう。

攻撃を避けるので精いっぱいに見える。

それでも反撃しているのは、反撃をしなければ攻撃の勢いが増すだけだと分かっているからだ。

無駄でも反撃してくる相手と、反撃を一切しない相手。

攻撃をする側からすればどちらが簡単かなど、考えるまでもないことである。

「助けるにしても、なるべくアンリエットの希望に沿う方にしたいんだけど……」

この様子では、それが分かる頃には手遅れになってしまいそうだ。

ならば……諦めるしかなさそうである。

「……多分アンリエットからは、感謝はされないんだろうなぁ」

むしろ恨まれるかもしれない。

この場で助けてしまうというのは、そういうことだ。

アンリエットのことを信じず、一方的に恩を着せようとするだけの行為である。

少なくとも、そう捉えられても仕方のないことだ。

それが嫌ならば、もっと後で、ギリギリになってから助けるべきである。

本当にどうしようもない状況で助けるのならば、アンリエットも恨むようなことはないだろう。

思うところはあれど、仕方ないと納得してくれるに違いない。

しかし、それは最悪の事態が有り得る状況でもある。

一歩間違えてしまえば、十分有り得るのだ。

そこを見極められると言えるほどアレンは自分に自信を持てないし、そこまで堪えられる自信もなかった。

そしてそこまで堪えられないのであれば、どこで助けようと一緒だ。

そう思うからこそ、アレンは覚悟を決めた。

これはアンリエットのことを考えてのことではない。

ただの、アレンのわがままである。

そんな独善的《どくぜんてき》な行為だと自覚した上で、アレンは地を蹴った。

両腕を振り上げていたサイクロプスとの距離を一瞬で詰め、腕を振るう。


――剣の権能《ワールド・エンド》：一刀両断。


「…………は？」

呆然とした声を背に聞きながら、真っ二つに分かれ倒れていくサイクロプスの姿を眺める。

地面に倒れ伏し、もう動き出さないのを確認すると、息を一つ吐き出し、ゆっくり残心を解いていく。

それから、後ろを振り返った。

「や、大丈夫だった？」

これはアレンの独りよがりである。

アンリエットに余計な気を遣わせるわけにはいかない。

ゆえに、何も考えていないような言動で話しかけた。

その甲斐があったのか。

驚愕の色を浮かべていたアンリエットの顔が徐々に不機嫌そうになっていくのを眺め、アレンは安堵と共に苦さも感じつつ、それでも笑みを浮かべるのであった。

見知らぬ距離感

まるで親の仇《かたき》でも見るかのような目で見つめられ、アレンは苦笑を浮かべた。

あれから一言も喋らず、ずっとこの目で見られ続けているのだ。

さすがに覚悟していたアレンでも、苦笑の一つや二つ漏れようというものである。

そしてどうやら、アレンから話を進めなければどうにもならなそうだ。

小さく溜息を吐き出すと、仕方なく口を開いた。

「えっと……大丈夫だった？」

先ほどと同じ言葉であるが、咄嗟に他が思い浮かばなかったのだ。

それに、アンリエットは先ほどの質問に答えていない。

ならば問題ないだろうと思っているると、アンリエットは目付きをそのままに、それでも何かを諦めたかのように溜息を吐き出した。

「……見ての通りです。怪我一つねえ、大丈夫そのものですよ」

「そっか……それはよかった」

それは一応本音であった。

到着してからはともかく、それ以前に何もないとは限らなかったのだ。

多分大丈夫だろうと思ってはいたものの、その確信を得られ安堵の息を吐き出す。

そんなアレンのことをアンリエットは胡乱《うろん》な目で見ていたが、一先ず気にしないことにしたのか。

僅かに視線をそらすと、アンリエットはそのまま話を続けた。

「……ま、オメエのおかげで、です。一応感謝してやるですよ」

「……え？」

まさかお礼を言われると思わなかったので、心底驚いた。

だが、アンリエットはその反応が気に入らなかったのか、不服そうな目を向けてくる。

「……なんですか、その反応は？」

「いや……正直、お礼を言われるなんて思わなかったからさ。むしろ怒られるぐらいに思ってたし」

「はぁ？　ワタシのことなんだと思ってやがんですか？　助けられたのは間違いねえんですから、礼ぐらい言うのは当然じゃねえですか」

「……そっか」

どうやらアレンは、アンリエットのことを見くびっていた、ということらしい。

怒られるというのならば、むしろこちらの方だろう。

「ごめん。それと、どういたしまして」

「……ふんっ。まあ、それとは別に、言いたいことはあるですが」

「言いたいこと……？」

「何でオメエがここにいるのか、ってことです。……やっぱりオメエ、ワタシのストーカーなんじゃねえですか？　タイミング良すぎたですし」

「いやいや、偶然だって。どっちの意味でも」

この森に来たのも偶然だし、助けるタイミングがあそこになったのも単にいつ助けたものかと悩んでいた結果だ。

狙っていたわけではない。

いや、アンリエットだと分かった上で助けに来たということを考えると、完全に偶然だとは言い切れないのかもしれないが。

「……ふーん。どうだか怪しいものですが、まあいいです」

「本当なんだけど……あ、そうだ、それより、ちょうどいいや。一つ聞きたいことがあるんだけど」

露骨な話題転換ではあったが、ちょうどよく聞きたいことがあったのは事実だ。

アンリエットならば、マンドラゴラのことを知っているのではないだろうか。

「聞きたいことです……？　……確かにオメエは命の恩人と言えるですが、ワタシの個人的な情報なんか教えてやらねえですよ？」

「いやいや、だから僕はストーカーじゃないって。そんなことじゃなくて……マンドラゴラって知ってる？」

「……オメエはワタシを馬鹿にしてんですか？　んな有名なもん知らねえわけがねえじゃねえですか」

「いや、名前じゃなくて、実物を見たことがあるか……もっと言えば、地面に生えてるのを見て判別できるか、ってことを聞きたいんだけど」

「地面に生えてるのを見て判別する、です……？」

そう言って訝し気な目を向けてくるアンリエットに、首を傾げる。

マンドラゴラは確かに珍しいものではあるが、希少であるものを探すこと自体は珍しいことではあるまい。

と、そこまで考えたところで、いや、と思った。

探しているのならば、実物を知っているのは当たり前だろう。

知らないのに探しているアレンがおかしいのであって、そこを不思議に思うのはむしろ当然であった。

だが、どうやらアンリエットが不思議に思ったのは別のことであったらしい。

「……マンドラゴラなんか探して、どうするってんです？」

「え？　どうするって言われても……依頼で頼まれたから探してるんだけど……？」

「マンドラゴラは、一般的には使い道がねえです。使えるやつなんて限られてますし、必然的に必要とするやつも限られるですから。あの街にも使えるやつはいねえはずですから、依頼に出るはずがねえんですが……」

そんなことを言われても、実際にアレンは頼まれたのだから仕方がない。

まあ、厳密にはマンドラゴラの採取の依頼を受けたわけではないが、結果的には同じことだろう。

そのことを伝えるか迷っていると、ふとアンリエットは何かに気付いたような顔をした。

「……いえ、そういえば、一部の鍛冶師には使い道があるらしいですが……まさか」

「……まあ、そうだね。僕が依頼を受けたのは鍛冶師の人からだけど」

「……その鍛冶師の名前は、ヴァネッサとかいうんじゃねえですよね？」

「そうだけど……？」

そういえば、有名人だとかいう話だったか。

そんな風に思ったのだが、それどころではなかったらしい。

アンリエットの反応は、それほど劇的であった。

「どうやって依頼受けやがったんです⁉　ワタシなんて会えもしなかったんですよ⁉」

「どうやってって言われても……普通にギルドで受けただけだけど？　というか、そんな驚くようなこと？」

「驚くに決まってるじゃねえですか！　ヴァネッサといや、超一流の鍛冶師ですよ⁉　冒険者としちゃ、少しでも知り合いたいと思うのは当然ですし、依頼を受けるのはその一番の近道じゃねえですか！」

「そうなんだ……？　というか、知り合いになりたいんなら、普通に訪ねればいいだけな気もするんだけど……」

「普通はそんなことしたら速攻で追い返されるだけなんですよ！　っていうか聞いてやがらなかったんですが⁉　ワタシは依頼受けにいこうとしただけで門前払いにされやがったんです！　会うこ

とすら出来なかったんですよ⁉」

会うだけならば普通に出来たのだが……アンリエットはやはり運が悪いのかもしれない。

というか、確かに門前払いにされた人がいるとは聞いていたが、アンリエットのことだったとは。

世間は狭いというか、何と言うか。

「んー……なら、口利きでもしようか？　一応知り合いぐらいにはなれただろうから、そのぐらいは出来ると思うんだけど」

そう言った瞬間、アンリエットは一瞬顔を輝かせ、だがすぐにしかめた。

それはまるで、そんな反応をしてしまった自分を戒めるかのようであった。

「……んなズルをするつもりはねえです」

「ズルって……別にそんなことはないと思うけど」

しかしアンリエットにとって、それはズルに当たるらしい。

何と言うか、妙に潔癖というか、アンリエットらしいと思った。

「まあ、ちと羨ましかったから文句言っただけです。んなことより、マンドラゴラでしたね。当然知ってるですが……仕方ねえですね。教えてやってもいいですよ」

「え、いいの？」

「構わねえですよ。業腹《ごうはら》ですが、オメエは命の恩人なんですからね。その程度やれねえなんて言ったら、ワタシの名が廃るです」

別にそんなことはないと思うのだが、教えてくれると言うのならば断る理由はない。

それでも色々と複雑なのか、顔をしかめているアンリエットに苦笑を浮かべながら、アレンはよろしくと頭を下げるのであった。

マンドラゴラ

「そういえば、マンドラゴラを採るってことは、当然準備はしてきてやがんですよね？　周囲への配慮もちゃんと考えてやがるんです？」

アンリエットがそんなことを尋ねてきたのは、マンドラゴラを探すために周囲を見渡していた時のことであった。

もちろん考えてはいるが……ふとあることが気になり、答える前に尋ね返してみた。

「んー……ちなみに、アンリエットは？」

「は？　ワタシは別の依頼を受けてここに来てたんですよ？　マンドラゴラ採るつもりなんかなかったんですから、してるわけねえじゃねえですか」

「いや、耐えられたりそもそも効かなかったりしないかな、と思って」

「んな特異体質なわけねえじゃねえですか。オメエはワタシのことを何だと思ってやがるんです？」

そう言ってジト目を向けてくるアンリエットに、アレンは誤魔化すように笑みを浮かべた。

正直なところ、そのぐらい出来るのではないかと思っていたからだ。

少なくとも、元の世界のアンリエットならば、その程度のことは出来たはずである。

肉体的には普通の人間と変わらないとのことだったが、マンドラゴラの叫びの効果はおそらく呪いに近いものだ。

元使徒であることを考えれば、耐性を持っていても不思議ではあるまい。

まあ、どうやらこちらでは違うらしいが。

「ところで、それより本当にいいの？」

「いいのって、何がです？」

「マンドラゴラのことを教えてもらうだけじゃなくて、一緒に探してもらって」

そう、何故アレン達が揃ってマンドラゴラを探しているのかと言えば、アンリエットがそう提言してくれたからだ。

アレンとしては断る理由がないのでありがたく受けたのだが……。

「さっきも言ったじゃねえですか。マンドラゴラがどんなもんかなんて、口で説明したところで分かるわけがねえです。中途半端に教えて最悪のことになっちまったらワタシとしても寝覚めが悪いですし、何よりワタシも巻き込まれる可能性があるです。それを考えたら一緒に探しちまった方が早いって結論になっただけですよ」

アンリエットの言葉に嘘は感じられないので、きっと本当のことなのだろう。

だが、きっとそれだけではなかった。

命の恩人とはいえ、アレンはアンリエットにとってただの他人だ。

アレンが死んだところで気にする必要はないし、何よりその原因はアレンにしかないのである。

マンドラゴラに関しての知識をろくに持たずやってきたのはアレンの責任であり、求められた知識を与えただけのアンリエットに責任は生じない。

何より、元より冒険者は全てが全て自己責任だ。

アレンがどうなろうと、アンリエットにとってはどうでもいいことのはずだった。

巻き込まれるかもしれないということに関してだって、さっさとこの場から離れてしまえばいいだけのことだ。

まだ依頼が終わっていないのかもしれないが、それだって余程の急ぎでなければ後で改めてやってくればいいだけのことである。

サイクロプスという予想外の魔物に襲われたことを考えれば、そうしたところで問題はあるまい。

そう、だから、本来であれば、アンリエットがアレンに付き合う必要はないのだ。

なのに付き合ってくれるのは、アンリエットの善意に違いなかった。

と、そんな思考が顔に出てしまったのか、アンリエットから睨まれた。

「なんですか、そのムカつく顔は？　ワタシにもまだ終わってない依頼があるんですから、さっさと終わらせるです」

「はいはい、分かってるって」

こうしてアンリエットといる時間は悪いものではないが、場所を考えればあまり長居したいものでもない。

アンリエットと交流を深めることは後でも出来るのだから、今はマンドラゴラを探すことを優先すべきだろう。

「……まあ、そうは言っても、僕では肝心の判別が出来ないわけだけど」

アンリエット曰く、マンドラゴラは見る者が見れば一目で分かるらしい。

周囲に擬態するため分かりづらくはあるのだが、周囲の養分を吸い取って成長するため、よく見れば明らかな違いがあるのだとか。

だが、今のところそういったものは見当たらなかった。

あるいは、単純にこの周辺には生えていない、というだけなのかもしれないが。

「……聞いた話では、この森なら探せばそこまで苦労しないで見つかるって話だったんだけどなぁ」

「それってどうせヴァネッサが言ってたことですよね？　なら、信頼出来るもんじゃねえですよ。鍛冶師ってのは物を見る眼に秀でてるやつが多いですからね。超一流の鍛冶師ともなれば、お察しってやつです」

独り言のつもりだったのだが、アンリエットの耳には届いていたらしい。

説明された言葉に、なるほどと呟く。

あくまでもヴァネッサ基準では簡単、ということだったようだ。

それにしても、その言い方ではまるでヴァネッサ自身がここまでマンドラゴラを採りに来たことがあるようだが……と、そこまで考えたところで、いや、と思い直す。

あの女性であれば、それも不思議ではあるまい。

あまりしっかり観察したわけではないが、おそらく鍛冶の腕だけではなく、戦闘の腕の方も達者でありそうだった。

この森はそれなりに危険な場所であるものの、彼女ならば問題ないに違いない。

では何故わざわざアレンに任せたのかと言えば、この程度こなせなければ話にならない、ということなのだろう。

「……それにしても、目、か」

特別な目であるならば、アレンも持ってはいる。

全知の一つではあり、何かを調べる際に有用となるものだ。

ただ、残念ながら今回は使えなかった。

基本的には戦闘に特化しており、あとは自分が知っているものにしか使えないからだ。

よく分かっていないマンドラゴラを探すのには、役に立たないのである。

もっとも、それは全知の限界というわけではなく、アレンの限界だ。

元々全知は神の権能であるため、人に過ぎないアレンには限られた能力しか引き出せないのである。

全知を十全に使うことが出来れば、あっさりマンドラゴラを探すことが出来たのだろうが……まあ、ないものねだりをしても仕方あるまい。

何とか人力で探すしかなく……と、そんなことを考えていた時のことであった。

「──お。意外と早く見つかりやがったですね」

聞こえた言葉に視線を向ければ、地面にしゃがみ込んだアンリエットが何かを見つめていた。

その視線の先にあるのは、一見するとそこら辺に生えている草と大差ないようであったが――

「……それが？」

「間違いねえです。これが、マンドラゴラですよ」

どうやらアンリエットは確信を持っているようであった。

アレンの目にはやはり他との違いは分からないが……いや？

「……よく見てみたら、ほんのちょっとだけ魔力を帯びてる？」

「お、そのぐらいは分かりやがるんですね。まあ、正確には魔力だけじゃなくて色々なもんが混ざってるらしいですが。あと、魔力とかを帯びてる植物ってのはそこそこありやがるですから、それだけでマンドラゴラって判別は出来ねえです。もっとも、ここにはマンドラゴラ以外にそういうのはねえはずなんで、ここで見かけたらほぼマンドラゴラで間違いねえと思うですが」

「……へぇ」

思わず、感嘆の息が漏れた。

アンリエットから色々なことを教わるのはいつものことなので、それ自体に思うところはない。

だが同時に、意外だとも感じていた。

「……なんです、その顔は？　ワタシがこういうのを知ってるのはおかしいとでも思ってやがるんですか？」

「いや、別にそれ自体は不思議とも何とも思わないんだけど……色々とよく教えてくれるな、と思って」

極論アンリエットは、マンドラゴラを見つけた時点で義理は果たしたと言えるはずだ。

わざわざアレンにマンドラゴラの見分け方を教える必要はない。

そのことはアンリエットも理解しているのか、顔をしかめると視線をそらした。

「……何度も言ってやるですが、オメエはワタシの命の恩人です。マンドラゴラを見つけた程度で十分だとするってことは、ワタシの命の価値がその程度だっていうのと同義です。だから、ワタシの命はそれほど安くはねえって……ただそれだけです」

「……そっか。ありがとう」

それが建前でしかないのは、確認するまでもないことだ。

だが礼を述べれば、アンリエットはさらに顔をしかめるだけであった。

その様子に、アレンとしては苦笑を浮かべるしかない。

「ワタシのためにやってることだって言ってるですのに、何で礼なんか言いやがるんですか……。アホなこと言ってねえで、さっさとこれ採っちまえです」

それは確かにそうなので、アレンはアンリエットからマンドラゴラへと向き直る。

多分アレンだけなら、何もしないでも耐えられる気がするのだが、アンリエットもいるし、何もしないでいたら周囲にどんな影響があるか分かったものではない。

ここは素直に対策をしておくべきだろう。

――理の権能《パラレル・パラドックス》：魔導・ディストーション。

瞬間、マンドラゴラの周囲にだけ極小の結界を張り巡らせた。

あとはこの状態で引き抜けば、問題ないはずである。

そう思い、引き抜き――


『――――――』


叫びは、聞こえなかった。

大丈夫だろうと思ってはいたものの、無事に済んだことに思わず安堵の息を吐き出す。

それからアンリエットへと視線を向けると、何故かその顔には驚きの表情が浮かんでいた。

「どうかした？　……実はこれマンドラゴラじゃなかった、とかいうわけじゃないよね？」

アレンが引き抜いた植物の根っこには、人の顔のように見える不気味な文様が浮かんでいる。

アレンの知識にあるものだとまさにマンドラゴラとはこういうものなのだが……もしかして、似ている別の何かだったりするのだろうか。

だが、そんな不安にかられたのも一瞬のことであった。

すぐにアンリエットが首を横に振ったからだ。

「……いえ、それは確かにマンドラゴラで間違いねえです。ただ、ワタシが驚いたのは……」

「驚いたのは……？」

「……何でもねえです。というか、考えてみりゃ、さっきみてえなことが出来るんならこんぐらいのことが出来ても不思議じゃねえですか」

何やらアンリエットは勝手に納得してしまったみたいだが、アレンとしては首を傾げるだけである。

何に驚いたのだろうかと考え……ふと、気付いた。

「……そっか。さっきの結界、か」

先ほどの結界は、対象の周囲を空間ごと隔離するという、結界術の中ではかなり上位に位置するものだ。

そんなものを難なく扱ったことに、アレンのことをよく知らないアンリエットは驚いた、ということなのだろう。

しかし理由を理解しても……いや、理解したからこそ、それはアレンにとって意外で、新鮮であった。

元の世界のアンリエットならば、決して見せないだろう反応だからだ。

アンリエットはアレンの力のことをよく知っていたし、むしろアレンよりも知っていただろう。

だからアレンがどんなことをしたところで、それそのものに驚くことはなかった。

アレンのしたことでアンリエットが驚くというのは非常に珍しく、いっそ有り得ないと言ってしまっても過言ではないほどである。

それがこうして驚きをあらわにしているのだから……何と言うか、とても面白く感じた。

「本来見れるはずのなかった一面、か……そういうのを見れるって考えると、やっぱりこの状況も悪いだけではない、かな？」

「何ぶつぶつ言ってやがんです？　それで用事は終わったんでしょうから、とっとと帰れです」

「まあそれはそうなんけど……まだ依頼終わってないんだよね？　よかったら手助けしようか？お返しってことで」

「オメエはアホなんですか？　命を助けられた礼をしたってのに、そのお返しをされちまったら一方的に借りが溜まるだけじゃねえですか。いいからさっさと帰りやがれです」

そんな反応をされるのだろうな、と思ってはいたものの、想像通りの反応をされたことに苦笑を浮かべる。

まあ、ここは大人しく帰っておくべきだろう。

幸いにも、これで少なからず縁を深めることは出来たのだ。

ならば、そのうちさらに縁を深める機会も訪れよう。

その時を楽しみにしつつ、アレンはアンリエットに礼と別れを告げると、その場を立ち去るのであった。

本命の依頼

マンドラゴラを手に辺境の街へと戻ってきたアレンは、そのままヴァネッサの鍛冶屋へと向かった。

マンドラゴラを探すのに多少の手間はかかったものの、まだ日が沈むまでには時間がある。

それに、これが本来の依頼を受けるための試験だというのならば、報告は早い方がいいだろう。

そう思ったからこそ、さっさと向かったのであり――

「……っ」

渡されたマンドラゴラをジッと見つめるヴァネッサを前に、アレンは緊張に喉を鳴らした。

言われた通り持ってきたものの、聞いた話から考えればここから断られるということも有り得るのだ。

さてどうなるだろうかと、緊張の面持ちで待っていると、やがてヴァネッサが鼻を鳴らした。

「確かにマンドラゴラだな。状態もいい。そして持って来るのにかかった時間も早い、か。……どうやら、ようやく私の依頼を頼めそうなやつがやってきたみたいだな」

「つまり、合格、ということですか？」

「ああ。これならいいだろう」

無事合格をもらえたことに、思わず安堵の息を吐き出す。

とはいえ、ふと疑問もわいた。

正直アレンは、特に変わったことはしていない。

頼まれた品を、頼まれた通りに届けただけだ。

確かに冒険者の質というものはピンキリではあるが、まともな冒険者というものもそれなりにいる。

少なくともアンリエットはその一人だろうし、これまでの間に一人も彼女から依頼を受けることが出来なかったのは何故なのだろうか。

「うーん……そういえば、アンリエットは依頼料とかってよりは、知り合うことの方を優先してた感じだったなぁ」

それが気に入らなかった、とかなのかもしれない。

逆にアレンは依頼料だけが目的だったので、そこがお眼鏡にかなった、とかだろうか。

あるいは、他に何か理由があるのかもしれないが……これ以上は考えたところで分かるものではあるまい。

聞けば教えてくれるのかもしれないが、別にそこまでして知りたいわけではないし、それが理由で合格が取り消されてしまう可能性もある。

少し気にはなるが、気にしないのが吉だろう。

そう判断し、話を続けることにした。

「それでは、肝心の依頼の内容の話をしたいんですが……」

「分かってる。私も暇じゃないからな。というか、別に難しいもんでもない。とある山に行ってあるもんを取ってこいってだけだからな」

「とある山に、あるものを、ですか？」

アレンが思わず首を傾げたのは、本当に難しい内容ではなかったからだ。

これならば冒険者を選別する必要があるとは思えないし、何より依頼料が破格すぎる。

となると、考えられるのは、内容そのものは簡単だが、実際に行うのは何らかの理由で困難が伴う、といったところだが――

「何を考えてるのは分かるが、外れだ。言った通り、私の出す依頼は難しいもんじゃない。それは言葉通りの意味で、だ」

「ですが、そうなると依頼料が……」

「私も馬鹿じゃないし、計算が出来ないわけでもない。まあ、正直金はどうでもいいと思っちゃいるが、それでも価値が理解出来ないわけじゃない。だからこの依頼の依頼料は、私が適切だと思ったもんを設定してある」

つまり雑に決めた、ということではないのだろう。

何か相応の理由があるからこそ、一見すると破格の依頼料となっているということだ。

「ま、難しい話じゃない。単にその山に行くのが少し面倒だってだけだ」

「少し、ですか……？」

依頼料を考えれば、とても少しだとは思えないのだが。

しかしヴァネッサは何でもないことのように肩をすくめた。

「ああ、少しだ。その山がどこにあるのか私には分からない上、私が案内したりすることもない、ってだけだからな」

「……つまり、まずはその山がどこにあるのかから探す必要がある、ってことですか？」

なるほどそれは確かに、依頼料も破格になるというものだ。

というか、本当に受けるか考え直した方がいいかもしれない。

だが、真剣に断る方向を考えていると、慌てるなとでも言わんばかりにヴァネッサが鼻を鳴らした。

「話はちゃんと聞け。私には分からない、って言っただろ」

「……要するに、誰か他に知ってる人がいる、ってことですか？」

「そういうことだ。ついでに言えば、案内もそいつがしてくれるだろうよ」

「誰なんですか、それは？」

問いかけはしたものの、アレンには何となく予想が付いていた。

そしてヴァネッサが告げたのは、まさに予想した通りの人物であった。

「この街に今、ハイエルフが一人来てる。今日この街に来たみたいだから、まだいるだろう。そいつなら、知ってるはずだ」

この街にいる……いや、ハイエルフという時点で、該当する人物など一人しかいまい。

やはり、ノエルのことだったようだ。

「案内もしてくれるということは、事前に頼んであった、ということですか？」

「いや？　だが、言えばするはずだ。確実にな」

それはノエルの様子がおかしかったことと関係しているのだろうか。

そう思ったものの、それはやはり彼女達の問題である。

アレンが口出すことではない。

だが、そう考えたところで、ふとあることが気になった。

「……あれ？　この依頼を出したのって今日じゃないですよね？」

「うん？　そうだが？」

「でも、目的の山への案内をしてくれる人は今日この街に来たんですよね？」

「ふんっ……ま、つまりはそういうことだ。運がよかったな」

「……なるほど。それは破格な依頼料になるわけですね」

やはり本来ならば、山を探すところから始めなければならなかったようだ。

まあ、そうならずによかった、というところだろうか。

それに、ヴァネッサの言うことが正しいのならば、ノエルがそこまで案内してくれるという。

ある意味一石二鳥といったところだ。

「まあ、目的地への行き方に関しては分かりました。それで、そこから取ってくるあるもの、というのは？」

「ああ、それはな——一振りの剣だ」

「剣、ですか……？」

言いながらヴァネッサの眼前にあるものへと視線を向け、首を傾げる。

剣ならばここでも打っているようだが……いや、それとも、自分で打ったものではないのだろうか。

そう思い尋ねてみるも、ヴァネッサは首を横に振った。

「いや？　それも私が打った剣で間違いない。だが、確かに剣ならばここでも打てるが、アレは別だ。何せ、私の生涯最高傑作だからな」

「最高傑作、ですか……でも、それがどうして山に？」

「……ま、色々とあって埋めてたんだが、必要になってな」

「……そうですか」

最高傑作を山に埋めるとは、一体何があったのだろうか。

そしてどうして今になって必要になったのか。

気にはなるが、尋ねたところで答えてはくれないのだろうなという確信があった。

そもそも、依頼を受けるのに必要な情報ではない。

気にはなるが、仕方ないだろう。

「で？　この依頼受けるってことでいいのか？」

「……そうですね。はい、よろしくお願いします」

少なくとも、話を聞いた限りでは、受けない理由はなさそうだ。

依頼料は高く、気になることは多い。

むしろ、気になるのならば受けるしかないといったところか。

（ノエルなら何か知ってる可能性はあるしね）

案内される中で、尋ねる機会もあるだろう。

もちろん知らない可能性もあるが、その時はその時だ。

とりあえず……この後はどうしたものか。

まだ夜には少し早いとはいえ、今からノエル達を尋ねるのはさすがに迷惑となりそうだ。

とはいえ、ノエル曰く三日程度でこの街を出ていくつもりだということだし、少しでも早く言っておいた方がいい気もする。

（……というか、そもそも本当にノエルが案内してくれるのかって問題もあるんだよねぇ）

ヴァネッサは自信満々であったが、本当にそうであるかは実際に確認してみなければ分からない。

となれば、やはり少しでも早く訪ねに行くべきだが……さて。

どうしたものだろうかと、アレンは溜息を吐き出すのであった。

相談と問題

散々悩んだ末、結局アレンはとりあえずノエル達のところへと向かうことにした。

やはり少しでも早く伝えておいた方がいいと思ったからだ。

ヴァネッサのところを後にすると、そのままノエル達の住む馴染みの屋敷へと向かう。

ただ、若干気になったのは、今日は既に一度訪れているということだ。

さすがに怪しまれて門前払いをくらう可能性もある。

その場合は……ヴァネッサの名前を出せば何とかなるだろうか。

しかし結論から言ってしまえば、その心配は無用であった。

屋敷に辿り着き、用事があってやってきたと告げると、そのまま中に通されたのである。

むしろあっさり通され過ぎて逆に心配になったほどであった。

「さすがにちょっと不用心なんじゃないかな……？」

「貴方は忘れているようだけれど、貴方は私達の命の恩人なのよ？　一応その恩は返したということとになっているけれど、その事実は変わらないもの。用事があって来たというのならば、それを断ることとなんてあるわけがないでしょう？」

「……そもそも、貴方が本気で押し通ろうとしたら、私達の抵抗は無意味。不用心ではなく、無駄を省いただけ」

「……だから、せめてもうちょっと歯に衣着せなさいよ」

溜息を吐き出しながらノエルが言うが、否定しないあたりノエルもそう思ってはいるということだろう。

まあ、アレンも否定するつもりはないし、やろうと思えばできるのは事実だ。

やろうと思うこと自体がないだろうが……そんなものは口でいくらでも言える。

言ったところで意味はなく、それに彼女達もアレンがそんなことをすると思ってはいないだろう。

ただ、それはそれとしてというか、彼女達なりの牽制といったところだろうか。

「まあいいわ。それで？　私達に用事というのは何なのかしら？」

「ああ、うん、それなんだけど……」

さて、どういったものだろうか。

とりあえずある程度の事情を説明する必要はあるんだろうが……アレンとてよく分かっていないことは多い。

となれば、単刀直入に行くのが結局は近道か。

「ヴァネッサ、って人のことは知ってるよね？」

「――っ」

その名を口にした瞬間、ノエルが明らかに反応を見せた。

もっともそれは、どんな風に反応したものか迷ったかのような、そんなものではあったが。

やはり彼女と何かあったのだろうと確信を持ちつつ、しかしそこには触れずに話を先に進めていく。

「実は彼女は冒険者ギルドにとある依頼を出しててね。それを僕が受けたってわけなんだけど……」

「……ヴァネッサ？」

が、そこでふと話を遮るように言葉が放たれた。

首を傾げたミレーヌだ。

その反応に一瞬眉をひそめるも、すぐになるほどと納得する。

おそらくミレーヌはとぼけているわけではなく、本当にその名前に心当たりがないのだろう。

つまりノエルは、ミレーヌには名前までは伝えなかったということである。

ノエルの意図は分からないが……名前まで伝える必要はないとでも判断したのだろうか。

名前が分からなければ探すことも出来ないし、不便ではないかと思うのだが……ふとそこで、最初にこの屋敷を訪れたことを思い出した。

そういえばあの時、ミレーヌだけがここにいた。

そしてノエルは後から屋敷にやってきたのであり……そこから分かるのは、ノエルだけがヴァネッサのところへと行っていたのだろうということだ。

ノエルは最初から、ミレーヌを関わらせるつもりはなかったのかもしれない。

最小限の説明だけを……それこそ、アレンに語ったのと同程度のものしか共通していなかったのだとすれば、有り得る話だ。

だがそうなると、アレンが勝手に話してしまうわけにはいくまい。

どう説明したものかと迷っていると、ノエルは一瞬アレンに視線を向けた後、溜息を吐き出した。

それはおそらく、アレンが分かっているのだろうということを察したのと、これ以上黙ってはいられないということを認めたものだったのだろう。

諦めたように、ノエルが口を開いた。

「……ヴァネッサっていうのは、私の恩人の名前よ。この街にやってきた目的」

「……なるほど？　そして貴方は、その人の依頼を受けた。……偶然？」

瞬間ミレーヌの視線が鋭くなったことに、アレンは苦笑を浮かべる。

まあ確かに、その反応が自然だろう。

偶然と言うには出来すぎている。

しかし実際に偶然なのだから、仕方があるまい
「怪しむのも分かるけど、本当に偶然だよ。ギルドに問い合わせてもらえば分かると思うけど、僕がその依頼を受けたのは、ギルドに出てる依頼の中で最も依頼額が高かったからだしね。それに依頼を受けた時には、依頼主の名前とかも分からなかったし」

「依頼主の名前も分からないって……それが普通なの？」

「……不用心。人のこと言えない」

「いや、そうでもないよ？　冒険者ギルドの信用に関わるから、その辺はしっかりしてるしね」

「ふーん……まあいいわ。……それで？　貴方がヴァネッサの依頼を受けたことと私達の間に何の関係があるのかしら？」

「それは僕も正直よく分かってないんだけど……依頼の内容ってのが、とある山に埋まってるある剣を取ってこい、ってものだったんだよね」

「とある山の……ある剣……？」

訝し気に眉をひそめたノエルの反応は、どちらとも取れるように見えた。

心当たりがあるのか、ないのか。

まあ話を進めていけば、分かることだろう。

「うん。生涯最高傑作、だってさ」

「……なんか、凄そう？」

「凄そうじゃなくて、間違いなく凄いでしょうね。ヴァネッサは、人里離れた山の中に引きこもっていたところでその腕を求める人が絶えなかったぐらいの、超一流の鍛冶師だもの。最高傑作だって断言するぐらいのものなら、下手をすれば国宝クラスにでもなるんじゃないかしら」

「あー……そこまでなんだ。なるほど」

ということは、依頼料が高いのはそこも理由なのかもしれない。

取ってくるものの価値が高いことに加え、依頼料を渋って奪われたりしないように、と。

そして、アレンがそんなことを考えている間に、どうやらノエルも話の流れを何となく理解し始めたようだ。

まさか、とでも言いたげな表情を、その顔に浮かべていた。

「ねえ……なんか、嫌な予感がするのだけれど？」

「多分、その予感は当たってるんじゃないかな？　で、ここからが僕がここに来た用件になるんだけど……ヴァネッサ曰く、その山がどこにあるのか自分にも分からないんだってさ。だから……この街にいるハイエルフに案内してもらえ、って」

「……ハイエルフ？　ハイエルフは、現状ノエルしかいない。……ということは？」

「私に案内させろって、名指しされてるってことね」

そこで溜息を吐き出すと、ノエルはアレンのことを睨みつけてきた。

正直なところ、アレンとしては睨まれても困るだけなのだが……。

「それを私が引き受けるとでも？　特に私にメリットがないような気がするのだけれど……それとも、報酬でも支払われるのかしら？」

「僕個人としては同感なんだけど、少なくとも彼女からそういった話はなかったかな。ただ、彼女はこう言ってたよ。この話をすれば、君は確実に受ける、って」

「……意味が分からない？」

「それもまた、僕個人としては同感なんだけどね……」

ミレーヌの言葉に同意を示すが、ノエルは何かを考えているかのようであった。

しばし俯き……それから、何度目かとなる溜息を吐き出した。

「……正直気にくわないけれど、ヴァネッサの言うことは正しいわ。確かにそんな話をされたら、私は行くしかないでしょうね。ただ、一つだけ問題があるわ。何よりも致命的な問題が、ね」

「問題……？」

「ええ。私に案内させようってんなら、その山ってのは私とヴァネッサが暮らしてた山でしょう。でも、無理なのよ」

「……無理？　……行きたくない？」

「そういう話じゃなくて、もっと単純な話。私にもあの山への行き方は分からないのよ」

「……え？」

てっきりノエルが知っていて案内できるのだと思っていたのだが、どうやらそうではないらしい。だが、そうなるとヴァネッサは何故あんなことを……？

「私はあの山から降りた後、馬車で移動したのよ。しかも途中で寝ちゃったりしてたから、行き方なんて分からない、ってわけ」

「……なるほど。そういうことか……」

となると、ヴァネッサが思い違いをしていた、ということなのかもしれない。

そこまでの事情は分からないだろうし、そのせいでノエルならば行き方を知っていると思っていた可能性は十分あった。

「ああでも、行けない、ってわけじゃないわよ？」

「それはどういう……ああいや、なるほど？」

「……どういうこと？　転移でもする、とか？」

「そんなことが出来る相手に心当たりなんてないわよ。そうじゃなくて、馬車でそこまで行き来したんだから、同じ手を使えばいいってだけのこと」

エルフたちであれば知っている――それは確かに道理であったが、一つ疑問がわいてくる。

そうなると、何が致命的な問題だというのか。

「致命的な問題だっていうのは、そのためには帝国に行かなくちゃならないってこと。でも、私達だけならばともかく、貴方は無理でしょう？」

「無理って……なんで？」

「……帝国は今、入国を制限してる。帝国を出た人が戻るのは簡単だけど、そうじゃない人が入るのは大変」

「よっぽどのコネでもないと無理でしょうね」

「そんなことになってるんだ……」

なるほど確かにそれは、致命的な問題だ。

かといって、ノエル達に代わりに行ってもらう、というわけにはいくまい。

やろうと思えば、忍び込むことは出来る気もするが……それは可能ならば最後の手段としたいところだ。

「んー……君達は普通に帝国に入れるんだよね？　そのコネを使って僕が入ることは？」

「無理ね。言ったでしょう？　よっぽどのコネ、って」

「エルフの王のコネはよっぽどになる気がするんだけど……」

「……帝国でのエルフの地位は低い。だから、コネにはならない」

「……そっか」

となると、何か手を考える必要がありそうだが……さて。

どうしたものだろうかと思いながら、アレンは溜息を吐き出すのであった。

帝国への行き方

いくら考えたところで、帝国のコネなど手に入るわけがなく、だが、一つだけ可能性のありそうなことを思いついた。

それは、冒険者ギルドである。

冒険者ギルドは様々な人が利用する上、ここは辺境の街だ。

王国の領土の中にありながら、王国に属しているとは言い切れない、曖昧な場所。

時に他国の者がやってくることもあるここならば、コネそのものとは言わないまでも、何らかの手掛かりが得られないかと思ったのである。

だが。

「んー……帝国に入るための手段、っスか。さすがの冒険者ギルドでもそれは厳しいっスねえ……」

さすがにそう上手くはいかないらしい。

冒険者ギルドを訪れ、受付にいたリゼットに尋ねた結果得られたのは、そんな返答であった。

「やっぱ難しいかぁ……ここなら帝国の人とかもいるんじゃないかって思ったんだけど……」

「いえ、それだけなら確かにいけるんスけどね。ただ、今の帝国に他国の人が入ろうとすると、最低でも貴族の人のコネが必要になるんスよ」

「ああ、なるほど、貴族かぁ……それは確かに厳しそうだねえ」

様々な人が訪れる辺境の街だが、さすがに帝国の貴族が来ることはそうそうないだろう。

まったくないということはないが、かなり稀《まれ》だろうし、コネを得て帝国に入ろうとするとさらに難易度が上がる。

「うーん……他に入る方法があったりしないのかな？」

「少なくともギルドで把握してる限りではないっスねえ。もちろん忍び込んだりすれば別っスが、お勧めはしないっス。捕まったらどうなるか分かったもんじゃないっスし」

「まあ忍び込むってことはそういうことだしね」

とはいえ、このままだとそれしかなさそうである。

ノエルに案内してもらうことを考えれば、下手をすればノエル達にも迷惑をかけかねないので、出来れば本当に最後の手段としたいところなのだが……。

「ちなみに、何でそんな厳重なことになってるの？　普段からそうだったとかいうわけじゃないよね？」

「んー……まあ、昔と今とじゃ色々状況が違うっスからね。昔は他国を受け入れるっていうか、取り込んでいく方向だったたっスが、今は完全に他国アレルギーになってるっスし」

「他国アレルギー……？　何でまたそんなことに？」

「そうっスねえ……アレンさんが今の帝国の状況をどこまで把握してるのか知らないっスが、とりあえず今の帝国はかなりゴタついてる、ってことは知ってるっスか？」

「まあ、何となくは、ぐらいかな？」

もっとも、アレンの知っている帝国がそうだったから、という程度の理解でしかないが。

ただ、あっちは入国にそこまで制限がかかっていなかったはずなので、あっちよりもさらにゴタついているのだろうが。

「まあ、元々少し前から帝国の中はゴタついてたんスが、勇者のせいでそれが決定的になっちゃったっスからね。他国アレルギーになったのも、結局はそれが原因っス」

「勇者のせいで……？」

帝国は確かに侵略型の国家であるため、他国からの評判はすこぶる悪い。

だが、決して悪政を敷いていたわけではないし、悪の国家とかいうわけでもなかったはずだ。

勇者が……アキラが介入する要素というのは、いまいち思いつかなかった。

「勇者が何かしたってことだよね？　……皇帝の暗殺でもした、とか？」

もちろんそれは冗談である。

というか、アレンの知る限りでは、皇帝が暗殺された事実は公になっていなかったはずだ。

だからそれは探りのつもりだったのだが、返ってきたのは予想外の言葉であった。

「勇者がそんなことするわけないじゃないっスか。むしろ逆っス。皇帝暗殺の犯人を勇者が倒しちゃったんスよ」

「皇帝暗殺の犯人を……？」

その言葉には、二重の意味で驚かされた。

堂々と口に出したということは、皇帝が暗殺されたことが公にされているということである。

さらにその解決に、アキラが関わったということ。

どちらもアレンの持つ知識とは、大きく異なるものであった。

「というか、これ結構有名な話だと思ったんスけど……いえ、そういえば、勇者はこの国でも似たようなことしてたっスね。帝国の話とはいえ、結局は他国のことっスし、一般的にはそっちしか知られてなくても不思議はないっスか」

何やら勝手に納得した様子のリゼットだったが、今の言葉にも驚きはあった。

この国でも、似たようなことをした。

それで思い浮かぶのは、父であるクレイグが起こした事件である。

ただ、考えてみればアキラもアレには関わっていたので、それに関してはそれほど驚くようなことではないのかもしれない。

こっちでも似たようなことは起こって、それをアキラが解決した、ということか。

改めて考えてみればそこまで不思議なことではないが……それでも、自分の知らないことが当たり前の事実として語られているというのは、やはり少し不思議な感じがした。

しかし、今はそんなことよりも、他に考えることがある。

思考を切り替えると、リゼットに話を聞いて浮かんだ疑問を口にした。

「……んー、勇者が皇帝暗殺の犯人を倒したって、いいことな気がするんだけど……それでどうして、帝国が他国アレルギーに？」

「確かに、一般的に考えればいいことなんスが、帝国からしてみれば困ったことだったんスよ。言ったっスよね？　帝国は元々ゴタついてたって」

「言ってたね。それが？」

「その原因ってのが皇帝が暗殺されたことなんっスが、帝国としてはその犯人を捕らえることで、そこを切っ掛けとして立て直しをしたかったんスよ。でも実際にそれをやったのは勇者で、つまりは他国の人間っス。そのせいで帝国は立て直すどころかさらにゴタゴタが続くようになって……」

「まさか……それが理由、ってこと？」

「そのまさかっス。他国の人間が余計なことをしたから、帝国は未だに混乱の中にある、とか言って、締め出すことにしたんスよ」

あまりにも呆れた話に、アレンは思わず溜息を吐き出した。

ただ、リゼットも似たような感想を抱いているのか、その顔にやはり呆れを浮かべている。

「完全に責任転嫁だよね、それ？」

「そうっスよ？　とはいえ、まあ、呆れはするっスが、理解出来ないとまでは言わないっス。そうでもしないとさらにゴタゴタするって分かりきってるっスからね。苦肉の策ってやつだと思うっス」

確かに、理解出来ない話ではなかった。

だがそのせいでアレンが帝国に行けないということになっているのだから、迷惑以外の何ものでもない。

「迷惑と言えば……アレンさんもそうっスが、それ以上に災難なのはエルフっスよね。帝国に住んでるのに、実質的には他国の者だとか言われて碌な扱いされてないらしいんっスから。そりゃ帝国を見限るのも——っと」

口を滑らせたのか、しまった、という表情をリゼットが浮かべたが、さすがに今のは聞き逃せなかった。

さすがに問い詰めるようなことはしないが……エルフが帝国を見限る？

その言葉で連想したのは、エルフの王であるノエルが、今ここにいるということであった。

さらに言うならば、ここに来る前に行っていたのは——確か、王都である。

亡命、という言葉が頭に浮かんだ。

「んー……これは、尚のこと迷惑かけるわけにはいかなくなったかなぁ」

おそらくノエルは、表向きは別の用事として王都を訪れているはずだ。

そこで王国から来た者が余計な騒ぎを起こしたりしてしまったら、変に勘繰られかねない。

慎重な行動を取る必要があった。

と、そこでふと、気付く。

今の話は、もしかしたら意図的であったのかもしれない。

リゼットが帝国の話を色々とすることに、少しだけ違和感はあったのだ。

そこまで詳細な話をする必要はなかったはずだから。

だが、アレンが軽はずみな行動を取らないよう釘を刺すのが目的だとするのならば、納得である。

アレンが帝国に行こうとしているのは、結局のところギルドから受けた依頼が理由だ。

冒険者の行動は基本全てが自己責任とはいえ、ギルドに何の影響もないというわけではない。

ギルドの依頼が元で冒険者が帝国で問題を起こしたら、どうなるか。

それを考えれば、釘を刺そうとするのは当然のことであった。

ただ、ノエルとのことをリゼットに話した記憶はないのだが……。

「うん？　どうかしたっスか？」

「いや……新米だとか言ってたけど、リゼットもやっぱりちゃんとしたギルドの受付嬢なんだな、と思ってさ」

「当然っス。ぺーぺーとはいえ、こうして受付に立つ以上は、しっかりしなくちゃならないっスからね」

侮《あなど》っていたつもりはないが、どこかで甘くは見ていたのかもしれない。

アレンは降参とでも言うのかのように、肩をすくめた。

まあ、元から忍び込むのは最終手段だったので、やらずに済むのならばそれに越したことはない。

もっとも問題は、他の手段が見つからない、ということなのだが。

「ちなみにそれって、急ぎなんっスか？」

「別にそういうことは言われてないけど……出来るなら早い方がいい、かな？」

単純に金の問題ならば他の依頼を受ければいいだけのことだが、事はそう簡単にはいかない。

ノエルの反応を見た限り、おそらく諦めるということはないだろう。

どれだけ時間がかかっても、ノエル達が住んでいたという山へと共に向かおうとするはずだ。

とはいえ、それをするのにノエルがこの街に留まっている必要はなく、先に帝国に戻っていても問題ないはずだが……アレンの見たところ、アレンのよく知っているノエルとあのノエルは性格にほぼ差はない。

だから、依頼が終わるまでノエルはここに留まろうとするだろうということは、簡単に予想がついた。

しかしそれは明らかに問題があることで……別にアレンは関係ないと言えば関係ないのだが、さすがにそういうわけにはいくまい。

ゆえに、出来るだけ早く済ませてしまいたいところであった。

「んー、時間をかければそのうち何とか出来そうな気もするんスが……これは無理そうっスね。時間がかかるとなるとまずいことになりそうな予感がしてるっスし……はぁ、仕方ないっス。この手は出来れば使いたくなかったんスが」

「ということは、やっぱり忍び込むしか？」

「それは本当にやめてくださいっス。というか、それを止めるための手なんスから。怒られそうな気がしてならないっスが……まあ、彼女にも利点はあるから、それで何とか納得してもらうしかないっスかねえ」

「彼女……？」

もしかして、伝手となる人物に心当たりがあるのだろうか。

だが、問題ない相手ならば普通に紹介してくれただろうし、出来れば使いたくなかったという言葉は気になる。

果たしてどういうことなのだろうか……と、そんなことを考えていた時のことであった。

「あ、ちょうどいいところに来てくれたっスね」

「え……？」

そんなことを呟いたリゼットの視線につられるように、アレンは振り返った。

視界に映ったのはギルドの入り口であり……そこにいたのは、たった今ギルドに入ってきたのだろう人物だ。

だからアレンが目を見開いたのは、それが見知った人物だったからである。

というか、先ほども会ったばかりであり――

「……ん？　何ですか、オメエら？　ワタシの顔をジッと見つめて……何かついてやがるです？」

困惑を顔に浮かべたアンリエットが、首を傾げたのであった。

提案と協力

「……話は分かったです」

一通りの話を聞くと、アンリエットはそう言って頷いた。

だが。

「まあ、分かっただけですが。……で？　今の話とワタシに何の関係があるってんです？」

「それはもちろん、アンリエットさん……いえ、アンリエット『様』なら、アレンさんを伴って帝国に入ることが出来るっスから。関係ないわけがないっス」

そういうことなのだろうと思ってはいたが、実際に聞かされると正直驚きがあった。

どうやらこちらのアンリエットも、帝国の貴族だったらしい。

何故辺境の街で冒険者をやっているのかは気になるところだが……まあ、こちらでも色々あったということなのだろう。

ともあれ、確かにそういうことならば、アンリエットに手伝ってもらえれば何とかなりそうだが

―――

「……確かに、ワタシなら出来るとは思うです。一応向こうに籍は残ってるはずですからね。何とか出来る自信はあるです。ただ……正直面倒すぎるですし、何よりワタシがんなことをやらなくち

ゃならねえ理由がねえです」

「はい、分かってるっスよ？　そういう意味で関係ないって言ってることも。ですが……本当にいいんスか？」

「……何がです？」

「あの人から依頼が出た時、奪うようにして真っ先に受けたのは貴女でしたっスよね？　その依頼に、関われるんスよ？　何にはばかられることもなく、堂々と。この機会を逃して、本当にいいんスか？」

笑みを浮かべてそんなことを口にするリゼットのことを、アンリエットは睨みつけるようにして見つめていた。

しかし、やがて諦めたのか、溜息を吐き出すと、仕方ないとでも言いたげな様子で口を開いた。

「……オメエは本当に優秀な受付嬢でやがるですよ」

「お褒めに預かり恐悦至極《きょうえつしごく》っス」

そう言って頭を下げるリゼットを、アンリエットは忌々しそうに見つめていた。

だがそうしていたところで意味がないと思ったのか、そのままアレンの方に視線を移してきた。

「はぁ……ってーことです」

「えーっと……協力してくれる、ってことでいいの？」

「だからそう言ってるじゃねえですか。本当はやりたくねえですが……まあ、仕方ねえです。超一流の鍛冶師と知り合うためですからね。そのためなら、多少嫌なことも飲み込んでやるですよ」

「……そっか。ありがとう」

嘘というわけではないのだろうが、本音というわけでもあるまい。

そう思うのは、アンリエットの口元に浮かぶ笑みが隠しきれていないからだ。

超一流の鍛冶師と知り合えるということは、それほどのものであるらしい。

礼を言いつつも、思わず苦笑を浮かべる。

と、どうやら自分がどんな表情をしているのかに気付いたようだ。

アンリエットは口元を引き締めると、誤魔化すように一つ咳払いをした。

「……ま、ギルドに貸しも作れるですしね。それを考えれば悪くねえですよ」

「えぇ……それはちょっとアンリエットさんの取り分が大きくないっスか？　彼女と顔をつなぐ切っ掛けを作れるだけで十分な気がするんスが？」

「それはそれ、これはこれ、です。そもそも、これはオメエが頼んできたことじゃねえですか。依頼としてではなく、です。なら、ギルドへの貸しって考えるのは当然じゃねえですか。ああ、まあ、何ならオメエ個人の貸しってことにしてもいいですが？」

「……ギルドへの貸しってことでお願いするっス」

やられっぱなしでは終わらないアンリエットに苦笑を深めつつ、さて、と呟く。

アンリエットが話を受けてくれたのは嬉しいし助かるが、だからこそその後のことをしっかり話し合っておかねばなるまい。

「えっと……アンリエットさん？」

一瞬何と呼ぶか迷ったが、そう呼んだ瞬間アンリエットは嫌そうに顔をしかめた。

「アンリエット、でいいですよ。同じ冒険者ですし、堅苦しく呼び合うのは性に合わねえです。ワタシもオメエのことアレンって呼ぶですし」

「……うん、分かった。じゃあ、アンリエット、早速この後のことを話し合いたいんだけど……僕が帝国に行くにあたって、何か準備しといた方がいいこととかってある？」

「そうですね……別に帝国に入るだけでしたらワタシがいれば何とかなると思うですから、特別に用意しなけりゃならねえもんとかはないと思うです。ああ、ただ、もちろん帝国に行くための馬車とか食料とかは用意する必要があるですが」

「そうだね、とりあえずまずはそういうものの準備が必要か……」

この辺はノエル達とも話し合っておく必要があるだろう。

ノエル達はノエル達が乗ってきた馬車があるはずだが、それに乗せてもらえるのか、それとも別に用意する必要があるのか。

とりあえずアレンが帝国に行けるかということが分からなかったので、そういったことはまったく話し合っていなかった。

ただ、馬車は何とかなるかもしれなくとも、最低でも食料の準備は必要そうだが……。

「ちなみに、その辺ってギルド側で準備してもらえたりするのかな？」

そう尋ねたのは、どこで揃えるのが一番いいのかアレンにはまだ分からないからだ。

あっちの辺境の街でなればある程度分かるものの、その知識を元にするのは危険だろう。

どんな差異があるか分からない以上、下手にその知識を使うのは火傷の元である。

何よりギルドならば、その辺にも慣れているのはずであった。

「んー……ギルドは別に便利屋ってわけじゃないんスが……まあ、いいっスかね。頼まれればやるっスよ。アレンさんとは今後ともいい関係を築いていきたいっスからね。アレンさんのおかげで塩漬けになってた依頼が一つ片付きそうっスし」

便利屋扱いされているのはアレンの気もするが、まあ悪くはあるまい。

ギルドと冒険者との関係というのは基本的にそんなものだし、利害関係から始まるのでも、関係は関係だ。

そこから少しずつ互いのことを知っていけばいいだけである。

人との関係というのは、そういうものだろう。

「じゃあ、食料の問題は解決するとして……まあ、馬車も何とかなる、かな？　ならなかった場合は、そっちもギルドに頼めば？」

「まあ、そのぐらいならついでに用意出来るっスよ」

「なら解決ってことで。他に何か必要なものとか思いついたりする？」

「どうですかね……あっちで何するのか次第だと思うですが。要するに、探し物をするってことですよね？」

「まあ、そうだね」

探し物のある場所に行くための手段が複雑なだけで、やること自体は単純だ。

まあ、具体的に山のどの辺に埋まっているのかは分からないので、目的地である山がどのぐらいの大きさか次第では大変なことになりそうではあるが……ノエルの反応を見る限りでは、その辺の心当たりもありそうなので、何とかなるだろう。

「ならまあ、やっぱ馬車と食料さえ用意出来れば問題ねえと思うですよ？」

「そっか……ありがとう」

「別に構わねえです。ワタシも一緒に行く以上は、ちゃんとしてねえとワタシも困ることになるですからね」

そうは言うものの、自分の身が危険になるとかでもなければ、わざわざ相談に乗ったりする必要はないはずだ。

なのにこうしてしっかり相談に乗ってくれるあたり、人の良さが出ていた。

まあ、アレンとしては助かる限りだが。

「ちなみに、出発するのはいつでも大丈夫なの？」

「そうですねえ……まあ、ちょうど受けてた依頼も終わったとこですしね。さすがに今すぐとかになったら困るですが、明日とかならいつでも大丈夫だと思うです」

「んー、まあ、そうだね。もう夜になりそうだし、食料を用意するのにもすぐってわけにはいかないだろうから、少なくとも今日中ってことはないかな」

なるべく早く出発したいものの、さすがに早くとも明日以降になるだろう。

あとは、食料とかがいつ用意出来るか次第だが……。

「そうっスね……ちなみに、何人分になる予定っスか？」

「そうだなぁ……多分、四人、かな？」

アレンとアンリエット、それにノエルと、ミレーヌも行くだろう。

その四人ということになるはずだ。

「四人が、ここから帝国に行って……途中で補給とかは出来るんっスか？」

「んー……多分出来るんじゃないかな？　どこにも寄らないってことはないだろうし」

そもそも、行き先を知っている人というのは、多分エルフの森にいるのだろう。

ということは、最低でもエルフの森には寄るはずだ。

「なら、ある程度余裕を持たせて……まあ、そうっスね。明日までには用意出来ると思うっス。もちろん、馬車を用意するとなった場合はそっちも含めてっス」

「それは助かるかな……ありがとう」

「どういたしましてっス」

ここから帝国まではそれなりの時間がかかるし、四人分の食料を用意するとなればそれなりに大変だろう。

馬車も馬車で需要は高く、すぐに用意するのはそれなりに大変なはずだ。

それが明日までに可能だというのは、本当にありがたかった。

そしてならば、明日出発という前提で考えて問題ないだろう。

「じゃあ、明日出発する予定ってことで考えてもらっていいかな？　まだ確定ではないけど、一応そのつもりってことで」

「問題ねえです」

あとはノエル達次第だが、あの時のノエルの様子を考えれば、おそらくノエルも明日出発ということで同意するだろう。

ただ、そのためにはこの後またあの屋敷に行って話を通しておく必要があるが……。

「……まあ、大丈夫、かな?」

進展があったら連絡して欲しいと言われているし、夜になるにはまだ少しだけ時間がある。

今ならばまだ大丈夫だろう。

「問題があるとするなら、むしろ出発した後だろうなぁ……」

帝国の話を聞いて、つくづく思った。

ここはやはり、アレンの知らない場所なのだ。

そんな場所に行くことになるというのならば、何もないと思えるほどアレンは楽天的ではない。

もちろん、ないならばないでそれに越したことはないのだが――さて、どうなることやら。

そんなことを考えながら、アレンは一つ溜息を吐き出すのであった。

帝国へ

予想通りと言うべきか、出発は翌日ということになった。

ノエルに帝国に行けるようになったことを伝えたところ、当たり前のようにそうなったのだ。

ちなみに、馬車はノエル達が乗っていたものを使うことになった。

話をしてみたところ、アレン達も乗せてもらえることになったのである。

そうして迎えた翌日、請け負った通りにリゼットは食料を用意してくれ、アンリエットも朝からギルドで待機してくれていた。

ギルドでアンリエットと合流し、そのまま馬車に食料を載せてしまえば、それで準備は完了だ。

ミレーヌが御者をする中、三人で馬車に揺られながら帝国へ向けて出発し——

「んー……何つーか、思ってた以上に暇でやがるですねえ。これが最低でも帝国に着くまで続くとか、どうしたもんですか」

数時間が経過した頃、アンリエットがそんな言葉と共に溜息を吐き出した。

とはいえ、実のところ、アレンとしてもそれは同感であった。

そしておそらく、ノエルにとっても同じだろう。

辺境の街を出てからこっち、ポツポツ会話をすることはあっても、あまり長続きすることはなく、大半が沈黙の時間となっていたからだ。

別に気まずいというわけではないのだが……単純に、話題が思い浮かばないのであった。

しかしそれも、考えてみれば当然のことだ。

以前アレンがリーズ達と共に帝国に向かった時とは異なり、アレンと彼女達とはまだ出会ったばかりなのである。

会話が続くわけがなかった。

まあ、出会ったばかりの者達でも続くような会話でも思い浮かべば別かもしれないが、そうそうそんなものが思い浮かぶわけもなく……と、そう思ったところで、ふとあることを思いついた。

「あ、そうだ、そういえば、自己紹介とかしてなかったよね？　今更かもしれないけど、しておこうか？」

そう、自己紹介をするまでもなく、合流するとそのまま辺境の街を後にしたのだ。

会話が続かなかったのかもそのせいかもしれない……と、思ったのだが――

「いえ、その必要はねえです」

「そうね、必要ないわ」

「……確かに、必要ない」

まさか、三人共に断られるとは思わなかった。

今までの間にそれほど会話はしていなかったと思うのだが……もしかしたら、その中に何か気に障ったものでもあったのだろうか。

まだ旅は始まったばかりだというのに、先を考えると気が重い。

と、一瞬そう思ったのだが、どうやらそうではないらしい。

「あー、なんか勘違いしてそうだから言っておくですが、自己紹介の必要がねえってのは、そのままの意味ですよ？」

「自己紹介なんてするまでもなく、私達がお互いのことを知っているもの」

「……だから、必要がない」

「ああ……なるほど、そういうことか……」

考えてみれば、アンリエットは帝国の貴族であり、ノエル達は帝国内にあるエルフの森に住んでいるのだ。

互いのことを知っていたところで、不思議はなかった。

「まあといっても、互いに面識があるってわけじゃねえんですがね」

「あくまで名前は知ってる、程度よね」

「……そういう意味でなら、自己紹介も必要かもしれない？」

「とはいっても、今のワタシが自己紹介することなんて、ほとんどねえですよ？　名前以外はあそこの街で冒険者してるってことぐらいですし。それとも、好きなものの話でもするです？」

「お見合いじゃないんだからさぁ……」

「でもそう言われてみれば、私はそれ以上に言うことがないわね。名前も、エルフの王をやってることも、今更でしょうし」

「……わたしなら、色々ありそう？」

「そうでもねえですよ？　自覚がねえようですが、エルフの王の護衛をしてるオメエは結構有名です。まあ、エルフの王の護衛をやってるのが同じエルフじゃなくてアマゾネスなんですから、当然ですが」


言われてみれば、確かにその通りであった。

というか、アレンにしてみれば違和感のない組み合わせだったので気にしていなかったが……どういう経緯を経て、アマゾネスであるミレーヌがエルフの王の護衛をすることになったのだろうか。

今更ではあるが、気になった。

「そういえば、確かに珍しいっていうか、普通に考えたら有り得なそうな組み合わせだよね？　どういう経緯でそうなったのか、聞いても？」

アレンの知ってるエルフは排他的というわけではなかったが、それは何となくあの時点でノエルと知り合いだったからのような気もする。

そうでない場合だとどうなるのかは分からないが……少なくとも、見知らぬ相手を唐突に護衛にすることはあるまい。

ノエルの話を聞いている限りだと、ミレーヌと知り合う機会はなさそうに思えたが……。

「……別に構わない。というか、大した経緯があるわけでもない」

「いやいや、アレを大したことない扱いしちまったら、世の中の大半の出来事は大したことなくなっちまいますよ。というか、ワタシとしてはアレンがその話を知らない方が驚きです」

「まあ、あの時は本当に驚いたわね。ある日突然アマゾネスの娘がやってきたと思ったら、護衛をやりたいとか言い出すんだもの」

「……ビビッときた。やらなくちゃならないと思った」

「一目惚れかっつー話ですよ。つーか、完全にマジだったんですねえ。盛ってるかと思ったですが」

「誇張も何もなしの、マジよ。さすがの私も何か裏があるんじゃないかと疑ったもの。悪魔に操《あやつ》られてる、とか言われた方が納得出来たわ」

「……失礼。ただの本気」

「むしろより質《たち》が悪いですよ」

「……そんなことがあったんだ」

それは確かに、有名にもなりそうな話だし、大したことではある。

というか——

「よくそれで受け入れたね？　実際実は暗殺者だとか言われた方が納得出来そうな状況だと思うけど」

「そうね、普通なら受け入れなかったわ。でも、その時は色々あったのよ。護衛が必要ではあったけど、護衛が出来そうな人がいなかったってのもあったし」

「元々エルフは戦闘とかを得意とするやつは少ないですしね。まあ、その話が有名になるぐらいには、本来なら有り得ないことです。運がいいやつですよ」

「……運じゃなく、きっと必然」

「どうしてそう自信満々で言えるのかしら……」

「聞いた話から色々想像はしてたですが、想像してたよりもさらに斜め上のやつですね……」

「……照れる」

「多分褒めてはいないんじゃないかなぁ……」

色々、というところが気にはなるものの、さすがにそこは教えてくれなそうだ。

おそらくエルフの内情に関わることであるのだろうし。

それにしても……こっちのミレーヌは、随分はっちゃけてるというか、自由奔放であるらしい。

向こうのミレーヌならばそんなことは――

「……いや、しない、とも言い切れない、かな？」

元々ミレーヌは口数こそ少ないものの、行動自体は結構自由であった。

状況さえ揃えば、向こうのミレーヌも同じようなことをするかもしれない。

「……？　何か言ったかしら？」

「いや、ただの独り言だよ。意外と自己紹介の話から盛り上がったなと思ってさ」

「言われてみれば確かにですね」

「……わたしのおかげ」

「そうなんだけれど、何となく釈然としないわね……」

誤魔化すために咄嗟に言った言葉ではあったが、実際その通りでもあった。

最初はどうなることかと思ったものの、意外と何とかなるようだ。

馬車の中を流れている空気も少し軽くなったような気がするし……割と悪くない話題だったのか

もしれない。

それにこの様子ならば、この先も問題なさそうだ。

そう思い、アレンは思わず安堵の息を吐き出すのであった。

アンリエットの過去

意外にも、と言うべきか、帝国までへの道のりは、割と穏やかな空気の中で進んでいた。

やはり初日のミレーヌの一件がよかったのだろう。

あれ以降少しずつ会話が増え、盛り上がることもちょくちょくあった。

ほぼ初対面に近い者達同士だということを考えれば、大分上出来だと言えるだろう。

「まあ、元々三人の相性が良いのは分かってたことだしね。やっぱり最大の問題は僕っていうか、ここ、かな……？」

一人きりの馬車の中、馬車の外を眺めつつ呟く。

視線の先にあるのは、砦《とりで》のような建物だ。

それは王国と帝国との国境線上に建てられているものであり、つまりは関所であった。

あっちではなかったはずだが、話を聞いたところこっちでも関所が作られたのは最近らしい。

他国を排斥するようになってから、急遽作られたようだ。

実際建物を見てみれば、かなり真新しいのが分かる。

「わざわざこんなものを作るあたり、帝国が他国アレルギーってのは本当っぽいなぁ……」

元々帝国は、他国を吸収していくことで大きくなっていった国である。

関所がなかったのもそれが理由で、いつでも他国に攻め入れるように敢えて作っていなかったのだ。

だというのにわざわざ作ったということは、大分重症のようであった。

「これなら確かに、僕は行かないでよかったのかもしれないなぁ……」

アレンが一人で馬車にいるのは、他の三人が手続きのために関所に行っているためだ。

本当はアレンも行こうとしたのだが、行くとトラブルになる可能性が高いと言われ馬車で待機することになったのである。

アレンの分の手続きはアンリエットがいれば十分ということだったが……この様子では、確かにそれが正解だったのかもしれない。

とはいえ、他国アレルギーならばこそ、入国しようとする他国の人間はいかないでいいのだろうかと思うのだが……。

「アンリエットならその辺もどうにか出来るってことなのかな……?」

となると、アンリエットはこっちでもかなり位の高い貴族だということになるが……ノエル達はアンリエットの名も有名だと言っていたし、こっちでも侯爵家の出ということだろうか。

ただ、その場合今度はどうやって辺境の街で冒険者をすることが出来たのか、ということが気になる。

家を出ているあたり、おそらくあっちと同じような境遇だったのではないかと推測出来るのだが、あっちでは実質的に軟禁状態となっていたはずだ。

アンリエットが出ようとしたところで、家の者達が許すとは思わず……と、そんなことを考えていると、アンリエット達が戻ってきた。

「あー……もっとスムーズにいくかと思ったんですが、思ったよりも手間取りやがったですねぇ」

「そうかしら？　今の帝国に他国の人間を入れるにしてはかなり手短に済んだと思うけれど。貴女以外だったら、多分もっと手間取っていたと思うわよ？」

「……さすが？」

「別にワタシの力ってわけじゃねえですからねぇ。ま、こんな時ぐらいしか使えないんだから、存分に使ってるやるですが」

直前まで考えていたことに繋がる内容だったためだろうか。

思わずアンリエットのことをまじまじと見つめてしまい、それに気付いたアンリエットに首を傾げられた。

「……？　ワタシの顔ジッと見てどうかしたです？」

「ああ、いや、ごめん。コネがないと入れない状況だっていうのに、僕が行かなくても大丈夫だとか、アンリエットはどんな立場にいるんだろうな、ってちょうど考えてたところだったからさ。つい、ね」

「……そういえば、その辺話してない？」

「言われてみれば、そうね。でも、別に隠してたってわけじゃないのよね？」

「そうですね。まあ、聞かれなかったですし、自分から言うようなことでもねえですし」

「そもそも、侯爵家のアンリエットって言えば、わざわざ説明するまでもないぐらいこっちでは有名だものね」

やはりこっちのアンリエットも侯爵家の出だったようだ。

それにしてもそこまで言われるとは、一体何をしたのだろうか。

「さすがにそれは言い過ぎだと思うです。まあ確かに貴族連中だとか、そっち方面ではそこそこ知られててもおかしくねえですが、その程度でしょうよ」

「……知らぬは本人ばかり？」

「オメエには言われたくねえです」

「どっちもどっちよ。というか、実際のところ、出てってからこっちに戻ってきたことないんでしょうから、どんな風に言われてるかは知らないんじゃないの？」

「それはそうですが……え、もしかして、冗談とかじゃなくてマジなんです？」

「こんなことで冗談言っても仕方ないじゃない。というか、関所の人達の反応何だと思ってたのよ？」

「関所とはいえ、侯爵家の人間ともなればかなりの上にいるですから、それで委縮《いしゅく》してやがったんだと思ってたんですが……」

「……機嫌を損ねてぶっ飛ばされたらかなわないと、怯えてただけ」

「え、本当に何したの……？」

関所に勤めているともなれば、時に暴力沙汰となることもあるはずだ。

そんな人達が怯えるとは、一体……。

「人聞きが悪いですね……ワタシは別に大したことしてねえですよ？　邪魔する叔父達をぶっ飛ばしたってだけですし」

「いや、なんか十分大したことをしでかしたように聞こえるんだけど……？」

「家を乗っ取りに来たついでに貴女のことを軟禁しようとしてきた叔父達が気に入らなかったからぶっ飛ばした、ってことだったわよね？」

「ぶっ飛ばしたって……もしかして、物理的に？」

「……物理的に。それが理由でその叔父達はしばらくの間社交界に顔すら出さなかったって聞いた」

「それはワタシも初耳ですし、出てった後のことですから本当なのかは知らねえですが、とりあえず間違いなく盛られてはいるですね」

「どの辺がよ？」

「叔父達が家を乗っ取りに来たってのも、ワタシのことを軟禁しようとしたのも事実ですが、その言い方だとまるでワタシが全部気に入らなかったみたいじゃねえですか。ワタシが気に入らなかったのは、ワタシを軟禁しようとしたことだけです」

「……何が違うのかよく分からない」

同感であった。

大して違いはないような気がするのだが……。

「かなり違うですよ。少なくともワタシは、叔父達が侯爵家を継ぐことは勝手にすればいいと思ってたですし。親が死んじまった時点で、ワタシはあの家に未練なんかなかったですからね。だから、あの家は叔父達に譲って、ワタシは出ていこうとしたんですが……正当性がどうこう言いだしてワタシのことを軟禁しようとしやがったんで」

「ぶっ飛ばした、と？」

「そういうことです」

「……やっぱり何も違わない気がする」

「僕の感想も同じかなぁ。結果的に同じだし」

「全然違うですよ。少なくとも、貴族社会にとってみればまったく違うです」

「そう言われても、私達は貴族じゃないもの」

「あれ……？　そうなの……？　エルフの王なのに？」

もちろん皇族と同じ扱いがされているとは思っていなかったが、仮にも一種族の王だ。

貴族として扱われるのが普通だと思うのだが……。

「あー……その辺はどう説明したらいいのかしらね。別にエルフの王として認められてないってわけじゃないのだけれど……」

「そういえば、帝国でエルフの立場は低いって話だけど、もしかしてそれが関係してる？」

「それはちと正確じゃねえですね。エルフの立場が低いのは確かですが、別にそれはエルフに限らねえです。厳密には、帝国に併合されたやつら全てが、ですね」

「……帝国で本当の意味で貴族として扱われるのは、元から帝国の貴族だった人達か、認められた一部の人達だけ」

「とはいえ、まったく認めねぇとなると、帝国は併合した国が多すぎるですからね。手が足りなくなっちまうですから、王族は無理でも、貴族だったやつらはそのまま貴族をやってたりするです」

「でも、貴族は貴族でも、帝国の貴族とは明確に区別されるわ。あくまで、併合先の貴族、ってわけね」

「……そういう意味では、エルフはある意味特別」

「言ったように、普通は王族は残されねぇですからね。ただ、エルフの場合はそういうわけにはいかねぇですから、特例って感じです。まあ、だからってそれ以上の特別扱いがされてるとかじゃねぇんですが」

「そういうこと。だから私は帝国の貴族社会だとどうこう言われたところで分からないってことね」

「……わたしに至っては、そもそも一般人」

「王の護衛が一般人なわけねぇじゃねぇですか。普通は騎士の役目ですし、騎士といや最低でも貴族扱いされるですよ？」

「……エルフは普通じゃない」

「なんかその言い方だと語弊がある気がするのけれど……？　まあ実際、エルフにそういうのはないけど」

ないからこそ、ミレーヌが護衛になれた、というのもあったのかもしれない。

まあ何にせよ分かるのは、帝国というのは住むには大変そうだということだ。

それに関しては、こっちもあっちも変わらなそうだが。

「ともかく、帝国の貴族の間だとどう思われているのかは知らないけれど、私達にとってのアンリエットはそういう感じだったわね。だからこそ、正直アンリエットと会った時には驚いたのだけれど。侯爵家を飛び出したじゃじゃ馬が、まさかあんなところで冒険者をやってただなんて予想だにしていなかったもの」

「そうですかね？　あそこはいいとこですよ？　訳ありばっかが集まるところですから、昔のことを詮索されたりしねえですし。そのおかげでのびのびやれてたですからね」

「……噂では、侯爵家を取り戻すための力を得るために各国を旅してるとか言われてた」

「本当に噂ってのは無責任なもんですねえ。さっきも言ったように、ワタシは侯爵家なんかどうでもいいんですが」

それは多分本音なのだろう。

あっちのアンリエットもおそらくそうだったのだろうし、あっちのアンリエットがそれでも侯爵家に残っていたのは、色々なしがらみがあったせいだ。

それがなかったのならば、あっちのアンリエットも、あるいは同じようなことをしたのかもしれない。

……いや、それでも、さすがに叔父達をぶっ飛ばすようなことはしなかったような気もするが。

と、そこまで考えたところで、ふとあることが気になった。

「そういえば、エルフって帝国ではどういう扱いになってるの？」

「どういうって……どういう意味よ？」

「……以前も言ったように、扱いは悪い」

「ああ、ごめん、言い方が悪かったかな。なんというか、聞いてる話だと併合された他の国とかと同じような扱いに感じたからさ」

「その感じ方は間違ってねえですが、正しくもねえって感じですかね。他の国は実質的な扱いはともかく、一応帝国に組み込んだってことになってるですが、エルフの住んでるとこに関しては帝国の直轄領扱いですからね」

「……正直、違いがよく分からない」

「私もよく分かっていないのだけれど、より帝国からの影響が大きい、とかいう感じだったかしら？」

「大体そんな感じですね。他はある程度自治を任せてるんですが、オメエらに関しては帝国が直接管理してるですから。まあ、そのせいでオメエらは息苦しさみてえなのを感じてるんでしょうし、帝国がゴタついてる今はその影響をもろに受けてる感じだと思うですが」

「なるほど……そんな感じになってるんだ」

そうだと思ってはいたが、やはりこっちのエルフの森はアンリエットが管理しているわけではないようだ。

まあ、あっちのアンリエットがエルフの森を管理することになったのは、アンリエットが『アンリエット』だったからだろうし、ならばこっちでそうなっていないのは当然か。

もしもこっちでもアンリエットがエルフの森を管理していたらきっと色々なことが違っていたのだろうが……それは考えても栓なきことであった。

「ところで、結構今更になっちゃうんだけど、結局関所を通るのは問題なかったの?」

「あー、そういえば、肝心のそのことに関して話してなかったわね」

「まあ、話すまでもなかったって感じですからね。ワタシがいるんですから、当然ですよ」

「……実際、その通りだった。担当した人は怯えてたけど」

「事情を知った今だから思うんですが、それ完全に風評被害だと思うです。んな何でもかんでも噛みつくような狂犬じゃねえですよ」

「むしろ必要とあらば誰にだって噛みつくってことなのだから、人によってはそっちの方が怖い気がするのだけれどね」

こんなやり取りが出来るのも、互いに慣れてきたからだろうか。

そんなことを考えながら、何となく関所をもう一度眺める。

とりあえずここまでは何もなかったが、ここから先はもう帝国領だ。

「さて……どうなるんだろうなぁ」

口の中でそう呟きつつ、アレンは一つ息を吐き出すのであった。

ラウルス

――ヴィクトゥル帝国リンクヴィスト侯爵領ラウルス。

辿り着いた街の様子を眺め、アレンは思わず安堵の息を吐き出した。

ゴタついていると聞いていた帝国内であるが、少なくともアレンの見た限りではそうは思えないものであったからだ。

まあ、まだ関所から最寄りの街を見ただけなので偶然そこはそうでなかっただけなのかもしれないが、少なくとも帝国中が混乱しているというわけではないらしい。

すぐにでも何かに巻き込まれるのではないかと考えていただけに、そこは一安心であった。

「ま、全部が全部大混乱になってたら、そもそも国の形すら保ててねえでしょうしね。ただでさえ帝国は敵が多いですし」

「そうね。まあ、国の上の方は大変なことになっているんでしょうけれど」

「……少なくとも、見えてる範囲では大丈夫そう」

「今はまだ、ですがね。今の状態が続くようなら、そのうち影響は出てくると思うです」

「……そうね。というか、あくまでここは、というだけだもの」

そういったことを言うということは、もしかしたらエルフの森では何か影響が出ているのかもしれない。

そしてそれが、王国に行った理由とも関係しているのだろうか。

さすがに訪ねるつもりはないが、少し警戒はしておいた方がよさそうだ。

「そういえば、こうして帝国に無事入れたわけだけど、この先ってどうするの？」

そんなことを考えながら、代わりにというわけではないが、この先の予定を尋ねる。

大体予想出来てはいるが、ノエルの口から実際に聞いたわけではないのだ。

違う可能性も十分有り得た。

まあ、結論を先に言ってしまえば、その心配は無用だったわけだが。

「とりあえずは、そうね……エルフの森に行くつもりなのだけれど、まずはここで食料の補充かしらね。あっちでやろうかとも思ったのだけれど、多分あっちで手に入るのはあまり保存は利かないでしょうから、こっちで済ませておいた方がいいでしょうし」

「エルフの森、ですか……ワタシも帝国内にあるってことは知ってるですが、具体的にどこにあるのかは知らねえんですよね。その言い方からすると、ここから近いんですか？」

「……近い。というか、すぐそこ。食料の補充を終えてから移動を開始しても、多分日が沈む前に着く」

「そんな近いんです？　ってことは、間違いなくリンクヴィスト侯爵領内にあるじゃねえですか」

「実際、それが理由でリンクヴィスト家にエルフの森の管理を任せようとしたこともあったらしいわよ？　まあ、野心が強すぎるとかの理由で、結局は帝国の直轄領になったらしいけれど」

「あー……納得出来すぎる理由ですねえ。ってことは、リンクヴィスト内になるにも関わらずワタシが何も知らねえのもそれが理由ですか」

「……知らせるだけでも何をするか分からないから秘密にした、らしい？」

「なるほど……それなら、アンリエットが知らないってのも当然か。アンリエットだけに知らせる理由がないもんね」

「ま、知らされたところで何するわけでもねえですしね。むしろ厄介事に巻き込まれてた気もするですから、教えられなくてよかったです」

「……エルフからすると、その方がよかったかもしれない？」

「……かもしれないわね」

「勘弁しやがれです。ワタシはワタシのことだけで精いっぱいですよ」

そんなことを話しながら、とりあえず食料を補充するため、街中を歩き出した。

保存食は食べ飽きるほどに食べたので、少しぐらい新鮮な食料も集めようかと思ったが、考えてみればこの後エルフの森に行くのだ。

時間を考えれば最低でもそこで一晩過ごすはずで、王の帰還となれば、それなりに歓迎されるだろう。

となると、保存食の補充だけで十分かと、一先ずそれだけを集めた。

「あとは何か……エルフの森に行くわけだし、手土産の一つでも準備しといた方がいいかな？」

「あー……まあ、間違いなく一晩は世話になるわけですしねえ。その方が無難ですか」

「別に必要ないわよ。そもそも普通のエルフは物欲とかあまりないみたいだし、変に何か渡されても困るだけだと思うわよ？」

「……基本的に、エルフの欲しがるものはエルフの森で揃う」

「そっか……逆に迷惑になっちゃったら意味ないし、やめといた方がいいかぁ」

「つーことは、本当にこの街でやることは食料の補充だけでよさそうですね」

「そうね。目的の山に行くために追加で何か必要になるかもしれないけれど……とりあえずそれは、話を聞いてみないと分からないし」

「……何か必要になったら、戻ってくればいいだけ」

「そうだね」

最初から話を聞いてからこの街に戻ってきた方が効率はいいのかもしれないが、何も必要にならない可能性もある。

その場合は逆に効率が悪いし、結局どうすれば効率がいいかなんて話を聞いてみるまでは分からないものだ。

それに、効率がいいとは言ってもそこまで大差はあるまい。

ならば、そこまで気にする必要はないだろう。

あとは何かないだろうかと考え……ふと、思いついた。

「そういえば、ここってリンクヴィスト侯爵領内なんだよね？　アンリエットはここで何かやりたいこととかないの？」

なるべく急ぎたい旅ではあるが、寄り道できないほど余裕がないわけでもない。

ノエルは結果的にではあるものの故郷に戻ることになるわけだし、アンリエットも何かないのだろうかと思ったのだが、余計な気遣いは無用だとばかりにアンリエットは肩をすくめた。

「んなもんねえですよ。そもそもワタシが住んでたのってここから大分離れた場所ですし、籍は残ってるとはいっても家から飛び出した身ですしね。今更そこに未練を残してるほど恥知らずじゃねえです」

「家の力は利用するのに、かしら？」

「それはそれ、これはこれ、ですよ。そもそも飛び出す前にワタシは結構あの家に貢献したはずですしね。その分を返してもらってるだけです」

「……たくましい？」

「これでもそれなりの冒険者やってんですよ？　たくましくて当たり前じゃねえですか」

「それは確かに」

そういう意味では、こっちのアンリエットは向こうのアンリエットよりもたくましいのかもしれない。

向こうのアンリエットも頼りにはなったが、こっちのアンリエットとは経験していることの種類が異なる。

話を聞いている限りでは、こっちの方が思い切りがよさそうに感じた。

もちろん、どっちがいいとかどっちか優れているとか、そういうことを言うつもりはないが。

「……ところで、ふと気になったんだけど、関所を通る時に家の力を使ったんだよね？」

「使ったって言っても、名前を出したぐらいですがね」

「それでも、名前を使ったってことは、実家の方にそのことが伝わったりするんじゃないの？」

「ああ……話を聞いている限りでは、その場合面倒なことになりそうねえ」

「……連れ戻されたり？」

「面倒は面倒でも、そういう類のことじゃねえと思うです。というか、ちゃんとその辺のことぐらい考えてるですよ。口止めはしっかりしといたですからね」

「口止めって……その程度でどのぐらいの効果があるかは正直疑問なのだけれど？」

「あの関所はリンクヴィストにあった関所ですからね。その程度でも十分効果あると思うですよ？あと、領主が住む屋敷はここからかなり遠いですからね。万が一連絡することがあったとしても、連絡が届くのは大分後になるでしょうし、結局ワタシ達の行動には何の影響もねえと思うです」

「……それなら、安心？」

「まあ、気にしなくて大丈夫、ってことは分かったかな？」

ここまで自身満々に言うのだから、それなりに勝算があるのだろう。

ならば、信じてみてもよさそうだ。

そのことに関しては気にしなくていいということで……気になるのはそのぐらいだろうか。

あとは、現地に行ってみなくては分かるまい。

「エルフの森、か……」

ここまでの間にも、大なり小なりの差異は確実にあった。

そしてそれは間違いなく、エルフの森にもあるのだろう。

それは果たしてどんなものになるのだろうか。

そんなことを考えながら、アレンはエルフの森のある方向へと視線を向けるのであった。

エルフの森

エルフの森に辿り着いたのは、そろそろ日が沈むかという頃であった。

厳密には隣町に辿り着いたのがその時刻なのだが、大差はあるまい。

そこからエルフの森へ移動したのは、その直後だ。

いつかのように街の裏路地へと足を向け、だが今度はノエルがエルフの森への道を作ったのである。

しかし、ノエルは、何故か不満そうな顔をアレンへと向けてきた。

「……なんで驚いてないのよ」

「え……？　いや、そんなことを言われても……」

もちろん一度見たことがあるからだが、さすがにそれを言うわけにはいくまい。

さて、どうやって誤魔化したものか。

「あー……まあ、リンクヴィストの中にあるにもかかわらず、アンリエットが知らないって言うぐらいだからね。どこか隠された場所にあるんだろうってのは予想がついてたし、その出入りに空間転移とかそういうのを使うのかな、ってのも予想は出来てたからさ」

以前来た時にはそんな感じで予想していたので、一応嘘ではない。

だが、やはりノエルは不服そうな様子であった。

「予想出来てたって……つまらないわねえ。折角貴方を驚かせられると思ってたのに」

「まあ、正直気持ちは分かるですがね。ぶっちゃけワタシはかなり驚いたですし、なのにオメエはまったく驚いた様子がねえんですから」

「……わたしも最初に見た時は、驚いた」

「ほら」

「いや、ほらって言われても」

どうしろと言うのか。

ただ、一応理不尽なことを言っている自覚はあるらしい。

不服そうにしながらも、ノエルがそれ以上言ってくることはなかった。

「はぁ……まあ、いいわ。とにかく、この先がエルフの森よ」

「……さすがに少し緊張するですね。突然捕らえられる、とかいうことはねえですよね？」

「ないわよ。エルフを一体何だと思ってるのかしら」

「これでも一応元帝国の貴族ですからね。戸籍的にはまだ貴族でもあるですし、そしてオメエらが帝国の貴族にどんな感情を抱いてるかってのも理解してるつもりですから」

「……一人で行くならともかく、わたし達と一緒ならさすがにそんなことにはならない……はず？」

「そこは断言してもらいたいところだなぁ……」

アレンは帝国の貴族ではないが、その帝国の貴族の手引きで入ってきた他国の人間だ。

アレンも何となくではあるが、エルフ達が帝国の貴族に対しどんな感情を抱いているのか予想出来るだけに、どういった反応をするのか分からなかった。

ノエル達が一緒なのだから、多分大丈夫だとは思うのだが……。

「……ま、考えてても仕方ない、か」

「……そうですね。ここは当たって砕けろ、でいくですか」

「いや、砕けちゃ駄目だし、大丈夫だって言っているでしょう」

「……万が一の時は、ちゃんと説得する」

「期待してるよ」

そんなやり取りをしながら、アレン達はノエルの作った道を潜った。

当然と言うべきか、アンリエットが作ったものを潜った時と感覚は変わらない。

周囲の景色が歪んだかと思えば、そこにあったはずの路地裏の姿は消え去り、一瞬の後には緑豊かな森が広がっていた。

「……やっぱり驚かないのね」

「まあ、これも何となく予想は出来てたからね」

「……ワタシも何となく予想は出来てたですが、それでも驚いたんですが？」

「……もっとインパクトを与えられるように考えるべき？」

「それはもうなんか目的が変わってきちゃってるんじゃないかなぁ……」

そう言って苦笑を浮かべると、ノエルが溜息を吐き出した。

どうやら本気で悔しいらしいが……さすがは王を名乗っている身と言うべきか。

すぐに意識を切り替えたようであった。

「ま、いいわ。貴方を驚かせる方法はまた別で考えるとして――」

「だから目的変わってるって」

だがアレンの抗議は受け入れられないようだ。

ノエルはコホンと一つ咳払いをすると、笑みを浮かべた。

そして。

「――ようこそ、エルフの森へ」

そんな言葉を、口にしたのであった。

†

正直なところ、エルフの森に入ったらあの時のようにエルフ達が待ち構えている可能性も考えていたのだが、さすがにそういうことはなかった。

ただ、誰もいなかったかと言えば、そうでもない。

少し進んだ先に、見覚えのある男が一人いた。

パーシヴァルだ。

「――おかえりなさいませ、我らが王よ。随分とお早いご帰還でしたな」

「ええ、ただいま。ただ、別に正式に帰ってきたわけじゃないのよね。ちょっと聞きたいことがあって、一時的に帰ってきたってだけだから」

「聞きたいこと、ですか……？」

不思議そうに首を傾げたパーシヴァルの視線が、アレン達に向けられる。

警戒するようにその目が細められたのは、まあ当然の反応だろう。

「……それは、そちらの者達が関係している、ということで？」

「そうだけど、私も無関係ってわけじゃないわ。むしろ、半分ぐらいは私も関係してるわね」

「我らが王が……？　ふむ……なるほど、何か事情がある、というわけですか。まずは詳しい話を聞きたいところですが……」

「……この人達は、安全。案内しても大丈夫」

「ふむ……ミレーヌ殿がそういうのならば、安心か」

安全という言い方はどうかと思ったものの、敢えてアレン達は口を挟まなかった。

ここはその方がいいと思ったからだ。

実際パーシヴァルは納得したようなので、それで正解だったのだろう。

「では、一先ず私の家へ――」

「私の家でいいわよ。別にわざわざパーシヴァルの家に行く必要はないでしょう？」

「……分かりました」

しかし、信用しきったわけでもないのか、アレン達がノエルの家に行くのに一瞬難色を示したものの、結局はノエルの判断を受け入れたようだ。

まあ、さすがにミレーヌの言葉だけですぐに信用してもらうのは無理というものか。

ただ、それを抜きにしても少々警戒され過ぎているような気もするが……。

「……これは多分、ワタシのことがバレてるですね」

「アンリエットのことが……？　……帝国の貴族だって？」

「エルフは基本排他的とは聞くですが、一応今のワタシ達は王の客人ですからね。なのにあそこまで警戒してるってのは、多分そういうことだと思うです」

「なるほど……」

それが事実ならば、思っていた以上にエルフ達の帝国貴族に対する印象は悪いのかもしれない。

パーシヴァルしか迎えがなかったのも、もしかしたらその辺が理由なのだろうか。

まあ、今のところ特に害はなさそうだから、問題はないだろう。

そんなことを考えながら、自分の家に向けて歩き始めてノエルの後に付いていく。

「ところで、我らが王よ、一時的に帰ってきただけということは、この後再び旅に……？」

「そうね。さすがに今日は休んでいくけれど、明日には出発する予定よ」

「そうですか……ちなみに、出発する先は再び王国で……？」

「さあ……それは分からないわね。最終的には王国に行くことになるはずだけれど」

「……パーシヴァルの答え次第？」

「ふむ？　……なるほど、聞きたいこと、というのがそこに関係しているのですか」

三人の会話を聞いている限りでは、どうやらパーシヴァルが行き先を知っているらしい。

つまり、パーシヴァルがノエルの迎えに行った、ということか。

あっちでのことを考えると、おそらくその時パーシヴァルは王の代理をやっていたのではないかと思うのだが……いや、だからこそだったのかもしれない。

王の代理というのがどういったことをしていたのかは分からないが、残された最後の王の血筋を迎えに行くこと以上に大切なことはないだろう。

「では、何処へ行くのでも問題ないよう、馬車をしっかり整備させておきましょう。もちろん、馬もしっかり休ませておきます」

「ええ、頼むわ」

そういえば、馬車も一緒にこちらに来ていたのだが、ここで整備等も出来るようだ。

あまりエルフ達がそういうことをしているイメージはなかったが、必要とあらばそのぐらいのことをやっても不思議はないか。

そんなことを思いながら、周囲に視線を向ける。

あっちでエルフの森を訪れたのはそれなりに前になるが……何となく、その時に見たエルフの森とは少し雰囲気が違って見えた。

具体的に言えるほどの差があるわけではないのだが——

「んー……エルフの人達の動きがキビキビしてる……？」

「キビキビって……どういうことです？」

独り言のつもりだったのだが、アンリエットには聞こえていたようだ。

アレンと同じようにエルフの森の様子を眺めていたアンリエットが、首を傾げた。

「いや、これは僕の勝手なイメージでしかないんだけど、エルフの人達はもっとのんびりしてるもんかと思ってたからさ」

イメージというか、あっちで見たエルフ達の姿だが、アレンの中でエルフといえばやはりあの姿が思い浮かぶ。

だが、パッと見た限りでは、その辺で寝転がっているエルフなどの姿はなかった。

「ふむ……貴殿のその想像はある意味では間違っていませんな。というか、そういった状態でいたことも実際ありましたから」

と、どうやらパーシヴァルの耳にも届いていたようだ。

いや、こちらはどちらかと言えば、単にアレン達に注意を向けていたというだけのことなのかもしれないが。

「今は違うってことは、変わるような何かがあったってことですか？」

「ふむ……あったと言えばあったと言えますし、なかったと言えばなかったとも言えます」

「……分かりづらい」

「変に遠回しに言うの止めなさいよ。性格悪いわよ？」

「そういうわけではないのですが……一応、我々エルフの生態に関わってくることですから。あまり吹聴《ふいちょう》するようなことでもありますまい」

「そういうことなら、別に言わなくてもいいですよ。ちと気になっただけで、どうしても知りてぇってわけじゃねえですから」

「そうだね」

頷きつつ、ただ、アレンは何となく理由を察してはいた。

確か以前聞いた話では、エルフ達は王の性質に沿って成長していく種族特性を有しているということだった。

そしてあっちとは違い、こっちではノエルが王として立っている。

ということは、エルフ達の姿の違いというのも、そこが理由なのだろう。

とはいえ、正直ここまで違いが出るとは思っていなかった。

僅かとはいえ、違和感を覚えるぐらいには差が出てくるとは。

これを見てしまえば、王の有無がエルフという種にとって大きいという話も納得出来るものであった。

もっとも、その話をアレンが聞いたのはあっちでのことだ。

こっちではまだ聞いていない以上、知っていては不自然だろう。

ゆえに、それ以上そのことには触れず、アレンはノエル達の後に付いていきながら、記憶にあるのとは少しだけ異なるエルフの森を眺めるのであった。

事情と危機

ノエルの家だと案内された先は、アレンも知っている家であった。

あっちでエルフの森を訪れた際、アレン達にあてがわれた家だったのだ。

ここがノエルの家として使われているとは、何となく不思議な気分であった。

とはいえ、今回はノエルの家に遊びに来たわけではない。

家に着き、一息吐くなり、ノエルは早速とばかりにパーシヴァルに問いかけた。

「さて、というわけでパーシヴァルに聞きたいことがあるのだけれど……私を迎えに来た山のことって覚えてるわよね？　あそこまでの行き方を教えてほしいのだけれど？」

「ふむ……私に聞きたいことというのは、そのことでしたか。もちろん、お聞きしたいというのでしたら答えるのはやぶさかではありませんが……その前に一つ、よろしいですかな？　何故あそこの場所を知りたいのですか？　今更と言えば今更だと思いますが」

「まあ、確かにそうね。というか、多分私も切っ掛けがなかったら聞こうとしなかったと思うわ。ただ……ちょっとあそこに行かなくちゃならない用事が出来たのよ」

そう言いながらノエルが視線を向けてきたことで、パーシヴァルはその用事が誰のものであるのかを察したようだ。

探るような目をアレンに向け、パーシヴァルが口を開いた。

「なるほど……その用事というのは、貴殿が理由と考えてよろしいのですかな？」

「まあ、そうですね。僕が彼女に頼みました。彼女が以前住んでいたという山に案内してほしい、と」

「その理由をお尋ねしても？」

「僕が冒険者ギルドで受けた依頼を達成するために、ですね。まあ、彼女に案内を頼んだのは、そもそもその依頼人の意向によるものなんですが」

「依頼人が、我らが王にあの山への案内を……？　我らが王、まさかその依頼人というのは……」

「私が直接聞いたわけではないけれど……そうね、貴女の考えている通りだと思うわ」

「……むぅ」

どことなく不服そうなパーシヴァルの様子に、アレンは首を傾げた。

以前住んでいた場所を教えるぐらい問題ないような気がするのだが、パーシヴァルはいまいち気が乗らないようだ。

「……それは本当に我らが王がやらなければならないことなのですか？　ここで待っていてくださいましたら、私が案内してきますが」

「確かに結果だけを考えれば、それでいいのかもしれないわ。いえ、多分その方が効率はいい。でも、知っているでしょう？　私はあの人に恩がある。そして、私は恩を返さずにいられるほど恥知らずじゃないのよ」

「それは分かっていますが……」

「あの……もしかして何か危険なことでもあるんですか？」

それならば、ノエルを行かせたくない、というのは分かる。

だが、そうではないらしく、パーシヴァルは首を横に振った。

「いえ、そういうわけではないのですが……」

「はぁ……まさか、まだ気にしているの？　あの人はあれが普通の態度だって言ったでしょう？」

「……ですが、我らが王との別れだったのですよ？　今生の別れとなった可能性もあったというのに、見送りすらないとは……不敬にもほどがある」

「不敬って……私はあの人に恩があってもあの人にそんなものはないし、そもそもあの人はエルフじゃないでしょうに」

「……相変わらず、過保護」

「これは過保護なんですかねえ……」

「まあ、彼女のことを思ってのことだってのは、よく分かったけどね」

とはいえ、ノエルも譲る気はなさそうだ。

そして結局のところ、パーシヴァルの方が折れることとなった。

「……分かりました。お教えしましょう。ただ、もう一つだけよろしいでしょうか？」

「なによ？」

「この後再び王国に向かうとおっしゃられていましたが……それは本当に、必要なことなのですか？　既に王国で果たすべき用件は終わっているように思えるのですが……」

「っ……それは」

それはノエルにとって痛いところだったらしく、咄嗟に答えることは出来なかったようだ。どう答えるか迷っているか、目が泳いでいた。

「もちろん、私は我らが王の望みを最大限叶えたいと思っております。貴女を迎えたあの時、そう誓ったように。ですが、だからこそ、私は貴女に尋ねなければなりません。再び王国に向かうことは、そこまで重要なことなのですか？　ご自分の立場を、悪くすることになってまで」

「自分の立場を、悪くする……？」

パーシヴァルが本当にノエルのことを思って言っていることは、傍で話を聞いているだけでも十分感じ取れた。

しかしだからこそ、その言葉は聞き逃せなかった。

ノエルが再び王国に向かうことがノエルの立場を悪くするとは、一体どういうことなのだろうか。

「ふむ……貴殿は、何故我らが王がアドアステラ王国を訪ねたのかについては？」

「……本人からは、特に何も」

「ということは、他の誰かから聞いたか、予想は出来ている、といったところですかな？　ええ、おそらくそれは、正しいでしょう」

「――ちょっと、パーシヴァル」

「ここまで連れてきたということは、そのぐらいの話をしても問題ないと思っている程度には信頼している、ということでしょう？　でなければ、そもそも彼らをここに案内する必要はありませんからな」

「……否定はしないけれど、わざわざ話す必要はないでしょう？」

「あると思ったからこそ、こうして話そうとしているのです」

何を言おうとしているのかアレンにはいまいち分からなかったが、しばしノエルとパーシヴァルは睨み合っていた。

そして、今度折れたのはノエルの方であった。

「……はぁ、分かったわよ。好きすればいいわ」

「申し訳ありません。ありがとうございます」

そう言って視線を向けてきたパーシヴァルの目は、思っていた以上に真剣なものであった。

反射的に背筋が伸び、こちらも真剣に話を聞く態勢を取る。

「さて、というわけで結論を先に言ってしまいますが、我らが王がアドアステラ王国を訪ねたのは、亡命のためです。我らはもう、帝国のために尽くすことを止めることにしたのです」

それ自体は予想していた通りであったため、特に驚きはなかった。

だが、一緒に話を聞いていたアンリエットには驚きがあったようだ。

ただし、話の内容そのものとは別のところで、のようだが。

「ちょっと待つです。これってワタシも聞いちまっていいことです？」

「ええ。先ほども言いました通り、我らが王がここに通したという時点で、その程度には信頼できる相手と判断されたということですから」

「……予想出来てると思うですが、ワタシは帝国の貴族です。それでも、ですか？」

「はい、もちろん、それも込みで、ですとも。それに、籍を残しているだけで、実質的には既に貴族を抜けている、ということも知っておりますから。……もっとも、それでも思うところはありますし、その感情を抑えることが出来ないのは我が身の不徳の致すところですが」

「……まあ、ワタシも全てを知ってるわけじゃねえですが、オメエらがどんな扱いされてきたのは大体予想が付くですし、貴族に対するオメエらの気持ちに文句を言うほど心が狭くもねえですよ。オメエがそれでいいってんならワタシは構わねえです」

「ありがとうございます」

そう言ってパーシヴァルはアンリエットに頭を下げると、気を取り直すように話を続けた。

「とはいえ、もちろんそれは裏の目的です。今の帝国はかなりゴタついていますが、ゴタついているからこそ、亡命を企んでいると知られたらただではすまないでしょう。そのため、我らが王のアドアステラ王国の訪問には、表向きの理由も存在しています」

「まあ、でしょうね。そういったものがなく王国に行ったら、何か企んでいますって言っているようなものですし」

「で、それはどうしやがったんです？」

「ええ、その表向きの理由なのですが――それは、アドアステラ王国を探るため、なのです」

「王国を探る……？」

帝国が王国を探る、という時点で明らかに良い予感はしない。

そしてどうやら、その予感は正しかったようだ。

「はい。――王国へと戦争を仕掛けるために、です」

「はぁ……相変わらず懲りねえ国ですねえ。とはいえ、んなこと今更っちゃあ今更じゃねえですか？」

「確かに。帝国が王国を狙ってるのなんて、今更だしね」

「ええ、確かに今更ではありますな。ですがそれも、もっていき方次第でしょう。例えば……王国には悪魔が巣くっていた、などとエルフの王が発言したとなれば、どうなりますかな？」

「……本気で言ってやがんです？」

「呆れるのは分かるけれど、残念なことにあいつらは本気なのよね。少なくとも私は、本当に虚言を仄《ほの》めかすように言われたわ。まあ、さすがに直接的に言われたわけじゃないけれど……」

「……エルフ達が亡命を決めたのは、そもそもそれが決定打」

「それはまあ、確かにそうなるよねえ」

悪魔というのは、基本的には人類の敵だとされている。

そしてだからこそ、国家間の争いで悪魔の名は使ってはいけないこととされていた。

使ってしまったら最後、後には引けなくなってしまうからだ。

たとえば、ある国が別の国に悪魔が巣くっていると公的な場で発表してしまうとする。

その場合は、悪魔がいるとされた国は他の全ての国から敵対国扱いされることとなってしまうのだ。

何故ならば、その国には人類の敵が蔓延っているから。

その討伐に乗り出さない国もまた、人類の敵だということになってしまうのである。

しかも、その話はそこで終わらない。

他の国に対しそのような宣言をする国というのは、あまりに危険すぎる。

いつまた他の国が同じようなことをされるか分からない。

そう思えば、指摘した国もまた他国から敵対国扱いされ、滅ぼされてしまうことになる。

国家間における悪魔の名とは、そんな諸刃の剣であり、外交において使うことは禁忌とされているのだ。

だが、禁忌を犯そうとしているとなれば――

「帝国はそこまで追い詰められてる、ってこと？」

「外に敵を作ることは中を纏め上げるには最も手っ取り早いやり方ではあるですが、今の帝国はそこまでしなくちゃまとめられなくなってるってことですか。……そりゃとっとと離れたくなるに決まってるですねえ」

「ですが、我らとしては他人事のように言ってもいられません。帝国はその宣言に、我らの王の名を使おうとしているのですから」

「帝国のみならず、一種族の王の言葉ともとなれば、絶対無視することは出来ない、ってことらしいわよ？」

「……勝手」

「そしてそうなってしまえば、我らの立場もないものとなりましょう。亡命どころか、危険因子とみなされ滅ぼされかねない。……帝国は、元より他の国を全て取り込む予定のため、今更他の他国らを敵に回したところで問題はない、などと言ってはいますが」

「本気でそう思ってんなら、悪魔の名なんて使う必要ねえはずなんですがねえ」

「あるいは、まとまりさえすれば、本気で可能だと思ってる人もいるのかもしれないけどね」

ただ、何にせよ迷惑であることに変わりはない。

とはいえ。

「それで、何故そんな話を僕らに？　まさか僕達に帝国を止めてくれ、とか言うつもりではないですよね？」

「そもそもそれだと話が繋がらねえですしね」

「ええ。これはあくまで前提の話です。我らの王の立場が、どれほど危ういのか、ということを示すための」

「大袈裟ねえ。私達の扱いを考えれば、私の立場のことなんて今更でしょう？」

「……だから、わたしもいる」

「無論、我らが王の立場は最初から危うくはあります。ですが、これはそういう問題ではない。我らが王が、世界中の者から敵視され、狙われかねない、ということです。我らが王の名を使い宣言するということは、そういうことだ」

それは確かに、否定できなかった。

あるいは、エルフ達だけならば、帝国に利用されたと見逃されるかもしれない。

だが、直接的な要因となったノエルが許されることはないだろう。

ノエルもまた利用されたに過ぎないと分かっていたとしても、だ。

「そして、そんな状況だというのに、再び王国に行くとなったらどうなりますかな？　帝国はそれを、こう利用するでしょう。王国に悪魔が巣くっていた痕跡を見つけたため、それを決定的なものとするために再度向かったのだ、と」

それは考えすぎのような気もするが、完全に否定することは出来なくもあった。

確かにそうやって利用することも出来そうではあるし、そしてそうなれば、帝国が王国へと戦争を仕掛けるのを早めることにもなる。

だからパーシヴァルは、二度目の王国行きはノエルの立場を危うくするだけだと言っているのだ。

「一度目は仕方ありますまい。従わない場合は、それはそれで帝国側に何をされるか分かりませんでしたし、亡命のためにも一度王国を訪れる必要もあった。ですが……二度目は、本当に必要なのですか？　御身の立場を危険にする可能性と天秤にかけてまで、やらねばならぬことなのですか？

どうか、今一度再考を」

それは確かにノエルの身を案じてのことであり、忠臣の諫言《かんげん》であった。

そしておそらくはノエルも、その言葉が正しいということは分かっているのだろう。

頭を下げたパーシヴァルのことを、ノエルは複雑そうな顔で見つめるのであった。

目的地へ向けて

エルフの森で一夜を明かした翌日、アレン達は予定通り、目的の山へと出発することになった。

行き方はパーシヴァルが教えてくれたため、おそらく二、三日もすれば辿り着くことだろう。

ちなみにアレンが泊まったのは、ノエルの家の客間であった。

てっきりパーシヴァルに何か言われるかと思ったのだが、そこは問題ないらしい。

ノエルの客人として来たからか、あるいはその程度には信用されているのか。

まあ、アレンとしてはここまでの旅の間に散々同じ場所で寝泊まりしているため、今更ではあったが。

ともあれ。

「それでは、いってらっしゃいませ。お早いお戻りをお待ちしております」

迎えの時と同様、見送りもまたパーシヴァル一人であった。

ただ、周囲に気配は感じたため、おそらく他のエルフ達は遠慮しているのだろう。

そんな中、ノエルとパーシヴァルが別れの挨拶を交わすのを、アレンは何とはなしに眺めていた。

「……ええ、行ってくるわ。留守は任せたわね」

「は、お任せを。万事つつがなく進めておきます」

パーシヴァルは昨日のことなどなかったかのように平静な様子を保っていた。

むしろ平静でいられていないのはノエルの方だ。

あれからずっとそうであったが、今も悩んでいるのか、その顔は晴れないままである。

「実際のところ、パーシヴァルの言うことが全面的に正しいんですよねえ」

同じことを考えていたのか、ノエルのことを見つめながら、アンリエットが呟いた。

その言葉を否定することは出来ないため、アレンとしては肩をすくめるしかない。

「まあね。ノエル達が住んでる山への案内にノエルが同行するのだって、結局はノエルのわがままでしかないわけだけど、それが認められたのも、そうしたところで他に大した影響がないから、だし」

「……そもそも、ノエルがあの街でやることはもう終わってる。三日程度滞在することにしたのも、ただのついで。わたしから見ても、戻る意味は正直ない」

この中で最もノエルに近いであろうミレーヌがそう言うのならば、やはりそれが正しいのだろう。

だがノエルは、それが分かっていても迷っているのだ。

「つーか、確か結局一年も世話になってねえんですよね？　命の恩人だとはいえ、山に案内して探し物を見つけりゃ十分恩を返したことになる気がするんですがねえ」

「……同感。それどころか、本人にお礼を言いに行って拒否されたって聞いたから、本来はそれすら不要なはず」

「ああ、もしかしたらそんな感じなのかなとは思ってたけど、やっぱりそうだったんだ」

そうなると、尚のことノエルのわがままでしかないということになってしまうが……あるいは、もしかしたら、ノエル本人にもよく分かっていないのかもしれない。

何故そこまでしようとしているのか……しなければならないのか。

何となく、そんな風に感じた。

「……ま、でも結局は、本人次第、かな？」

「ま、ですね。ワタシ達が介入していい問題じゃねえでしょうし」

「……ワタシは、ノエルがどんな選択をしようと、ノエルを守るだけ。でも、出来れば、危ないことはしてほしくない」

パーシヴァルもきっとそんな感じなのだろうし、アレンも同感である。

とはいえ、目的の山に着くまではまだ時間があるし、すぐに目的の物が見つかったとしても、ここまで戻ってくるのに同じだけの時間がかかるのだ。

焦るは必要はない。

その間にじっくり考え、結論を出せばいいだけだ。

「さて……どうなることやら」

呟きながらノエルのことを見つめ、アレンは目を細めた。

†

目的の山は、帝国の領地に一応属してはいるものの、外れも外れに位置しているらしい。

元よりエルフの森も帝国の最東端近くではあるが、そこからさらに南下した先にあるとか。

扱いとしては、王国での辺境の地に近く、世捨て人や、時に犯罪者などが隠れ住むのに用いられることもあるとかいうことであった。

「まあ、帝国は広いっていうか、広すぎるほどだしねえ。元々その地を支配してた人に任せたりするとしても限度があるだろうし、似たような場所があっても不思議じゃない、か」

「……不思議と言えば、こっちにもそういうところがあるのに、わざわざ王国に行ったアンリエットが不思議」

「別に事情を知れば不思議でも何でもなくなると思うですよ？　王国のあそこは本当に自由だから、ってだけのことですし」

「その言い方からすると、帝国のはそうじゃない、ってこと？」

「なんつーんですかねえ……帝国のは、無法地帯のはずが、元の地位とかが関係しやがんですよ」

「……元侯爵家のアンリエットが行ったら、かなり上になる？」

「つーか、下手すりゃトップ扱いでしょうね」

犯罪者が捕まった場合、牢屋の中での序列は犯した犯罪の大きさによって決まるとかいうことを聞いたことがあるが、それと似たようなものなのだろうか。

だが、軽く扱われるわけでないのならば、アンリエットにとっては問題ないような気がするのだが……。

「勘弁しやがれです。ワタシは侯爵家であることとかを全部捨てるつもりで家を飛び出したってのに、それが付いて回るんじゃ意味ねえじゃねえですか。それに、秩序が保たれてるってことは、それを保たせてるやつがいるってことですからね」

「なるほど……下手をすれば実家の手が及んでる可能性があるってことか」

「……それは確かに、意味がない」

辺境の街にも秩序は存在しているものの、それを保たせているのはギルドだ。

そしてギルドは公平で中立であるため、それがそのまま辺境の街の性質にも繋がっている。

そう考えれば、確かに似たような場所ではあれど、結構な差がありそうであった。

「ま、それに最悪の場合でも、王国なら帝国の地位とか関係ねえですからね。比較的近場でもあったですし、色んな意味であっちの方が都合がよかったです」

「なるほどなぁ……そういえば、ふと思ったんだけど、アンリエットってあっちで冒険者始めてどのぐらい経つの？」

様々な教育を受けたりすることもあって、貴族の子供は早熟な傾向にあるものの、そこまで考えられるということはかなりのものだ。

いつ頃からそんな思考が出来ていたのだろうかと、純粋に興味があった。

「あー……どうだったですかねえ。それなりの時間が経ってるとは思うんですが……」

「え……？　もしかしてなんだけど、覚えてない、ってこと……？」

そんなことあるのかと思ったものの、どうやら冗談というわけではないようだ。

気まずそうにアンリエットは目をそらしていた。

「し、仕方ねえじゃねえですか。あの頃のアンリエットは色々やることがありやがったですし、ようやく辺境の街に行けて冒険者になれたらなれたで、ちゃんと生活出来るようになるまで大変だったですしで、あの頃のことはよく覚えてねえんです」

「……分かる。ミレーヌもノエルの護衛になったばかりの頃は色々大変で、あの頃のことはよく覚えてない」

「うーん……そういうものなのかなぁ……」

否定したいところだが、生憎多数決では勝ち目がない。

この場にはもう一人いるものの、ノエルは馬車に乗ってからずっと考え込んでいるらしく、こうしている時もまったく反応がなかった。

それだけ真剣に悩んでいるということなのだから、邪魔をするつもりはないが……。

「案外ノエルのやつも、昔をよく覚えてねえからこそ、ああやってずっと悩んでるんじゃねえです？」

「……可能性はある」

「ノエルの様子から考えると、普通に覚えてそうな気がするけどね」

もちろん事細かに全てを覚えてはいないだろうが、大体のところは覚えているのではないだろうか。

少なくともアレンの目には、そう見える。

もっとも、二人も本気で言っているわけではないだろうが。

まあ、これ以上話を広げてノエルの邪魔をしてしまってもあれだ。

ここは大人しく別のことを話すべきだろう。

とはいえ、何か他の話題を思いついているわけではないのだが。

ノエルの様子を横目に眺めつつ、さてどうしたものかと、アレンもまた考えるのであった。

懐かしい場所

久しぶりに訪れた山を目にした時の感想は、不思議と、懐かしい、というものであった。

ここに住んでいた時はほとんど家の中にいたし、こうして眺めた記憶はないのだが……本当に、不思議だ。

そんなことを考えながら、山の中へと足を進めていく。

その足取りに迷いはない。

数年ぶりに訪れる、しかも一度しか通っていない道のはずなのに、何故か迷うことなく進むことが出来た。

「なんというか、何となく予想は出来てたけど、本当に何もない山だね……？　木が生い茂ってはいるけど、それだけだし……」

「野生動物の気配すらろくにねえですしねえ。よくこんなとこで生きていけてたもんです」

「……生きていけないから、山を下りたのかも？」

「さあ……それはどうなのかしらね。私の知っている限りでは、少なくとも時折商人が出入りしていたから、それで何とかなっていたのだけれど」

基本的にヴァネッサは鍛冶をすることしか頭になく、折角打ったものも誰かに売るということは考えていないようであった。

だが、さすがにそれでは生きていけないということも理解してはいたのだろう。

時折出入りする商人へと数点渡すことで、代わりに食料や生活必需品を手に入れていた。

「それでも結局は山を下りやがったんですよね？　やっぱり不便だったってことですかね？」

「そんなこと気にしているようには見えなかったのだけれど……むしろ、余計なことをしないで済んでのびのびとしていたようにすら見えたわ」

「人嫌いだってこと？　正直そうは見えなかったんだけど……」

「人嫌い、ってのとは少し違うと思うわ。ただ単に、面倒なことや、手間に思うことをやりたがらなかっただけよ」

「……人との交流も、面倒なことの一つ？　なら、人嫌いと変わらない気がする」

「まあ、そうね。そこは否定しないわ」

そこでふと苦笑が漏れたのは、昔ヴァネッサとまさに同じようなやり取りをしたことを思い出したからである。

切っ掛けは何だったか……ああ、そうだ。

一人で寂しくないのかと、そんなことを聞いたのが発端であった。

別にそんなことは感じないと答えたヴァネッサに、人嫌いなのかと尋ね——

「……あの時あの人は、なんて答えたのだったかしらね」

「……？　何か言いやがったです？」

「ただの独り言よ、気にしないで。ああ、でも、一つだけ思い至ったことがあるわね」

「……何が？」

「今の話の流れからすると……あの人がここを下りることになった理由？」

「ええ、そう。あの人は本当に余計なことをしたがらなかったから……途中からは、私が色々なことをやるようになったのよ。ご飯の用意とか、洗濯とか、果てには商人の対応とかもね」

「飯の準備とかはまだ分かるんですが、商人の対応もです？　同居人っていうか、もはや使用人じゃねえですか」

「……メイド？　パーシヴァルが知ったら怒りそう」

「かもしれないわね。まあ、あの時は別に何とも思ってなかったし、むしろ私がやらなくちゃならないとか思ってたけれど」

「駄目な男に騙されそうで心配になるなぁ……でも、それはともかくとして、商人の対応とかして大丈夫だったの？　その頃どのぐらいの知識があったのかは分からないけど、子供が商人の対応するとか、いかにも騙されそうなものだけど……」

「少なくとも、そっちの心配はいらなかったわね。下手に騙してそれがバレたら、以降の取引はされなくなるのだもの。超一流の鍛冶師が作った希少な物と一時的な利益を引き換えにするほど馬鹿な商人なら、最初から取引なんかしていなかったわ」

まあ、そこまで思考が及ぶようになったのは、エルフの森に行って色々なことを学んでからではあるが、ともあれそういうわけで、騙されていたという心配はない。

だが。

「でも、そうやって色々なことをやっていた私がいなくなったわけでしょう？　まあ、ヴァネッサがいつ頃ここを下りたのは分からないのだけれど……」

「あー……色々やってたオメエがいなくなったから、ってことですか？　考えすぎだと思うですが……」

「……でも、否定は出来ない」

「まあ、人は楽な方に流されやすいっていうしね。一度自分がやらないで済むってことを覚えちゃったら、以前は出来てたことが出来なくなっても不思議じゃない、か……」

実際にどうなのかは分からないし、仮にそうだったとしてもノエルは気に病むつもりはない。

それはヴァネッサの選択の結果であり、ヴァネッサの責任だ。

さすがにそこまで背負い込むつもりはなかった。

「ま、だからどうってわけでもないのだけれど。ただそうなのかもしれないってふと思ったから言っただけだし」

そしてそれは結局のところ、暇つぶしのためだ。

単調な景色が続くため、少しでも気を紛らわせようとしてのことであった。

……まあ、別の意味でのそれも、含まれてはいるが。

ふとノエルの頭に、パーシヴァルの問いが蘇った。

王国に再び戻ることの意味。

その是非。

あれから三日が経つというのに、未だノエルはその質問への答えを得られてはいなかった。

自分のわがままでしかないことは分かっている。

そんなことをしたところで、得られるのはノエルの自己満足だけであり、百害あって一利すらあるかも分からないようなものだ。

だが、それが理解出来るというのに、どうしてか、行かないという選択をすることが出来なかった。

自分でも分からないぐらい、それでも行きたいと思ってしまっているのだ。

しかしノエルは、王である。

エルフという一種族の全てを背負う、そうすると、あの時自分で決めた。

なのに――

「っと、また考えちゃってるわね」

いくら考えても結論が出ないから、一先ず考えるのは止めていたというのに。

気を抜くとすぐにまた考え始めてしまう。

もちろんそのうちしっかり考えなければならないが、とりあえずそれはヴァネッサがここに埋めたという剣を探し当ててからでもいいだろう。

というか……それが見つかれば、分かる気がするのだ。

どうしてノエルは王国にもう一度行かなければならないと感じているのか。

その理由が。

あるいはそれはただの勘違いなのかもしれないが、少なくとも一区切りにはなるだろう。

と、そんなことを考えていると、不意に視界が開けた。

それまであった木々が途切れ、空と地面だけが視界に広がる。

だが、本当にそれだけであった。

地面には土と僅かな草が見えるだけで、それ以外には何もない。

痕跡すら、残されてはいなかった。

「……ま、ヴァネッサがいないって時点で予想は付いていたけれど、本当に何もなくなってるわね」

「え……？　ってことは、もしかして……？」

「見事なまでに何もねえですが……」

「……この辺に、家とかがあった？」

「私の記憶が確かならば、ね」

そして、何故かそれに関しては自信があった。

今ノエルが見つめている先に、かつてノエル達が住んでいた家があったのだ。

何もないように見えるが、そのはずで……そこに連れられてきた時のことを、今も鮮明に思い出すことが出来る。

「……ああ、そうだわ」

ふと、思い出した。

人嫌いなのかと尋ねた時、彼女が何と答えたのか。

そもそも人嫌いなら、お前のことも拾っていないと言われたのだ。

だからどうしたというわけでもないのだが……妙に嬉しかったことを思い出した。

そして、ついでにもう一つ思い出す。

その時に、何か約束をしたような気が。

……あれは一体、何だっただろうか。

「今まで忘れていたのだし、思い出せないのだから大したことではないのだけれど……」

何故だろうか、妙に気になる。

とはいえ、そもそも約束など、ヴァネッサとした記憶がないのだが……と、考えようとしたその時であった。

反射的に振り返ったのは、人の気配を感じたからだ。

自分達以外いないはずのこの場所に、他人の気配を。

ヴァネッサがいなくなった以上、こんなところに人が来る理由はないはずである。

誰が、何のためにと思い……だが、それはすぐに明らかとなった。

向こうから姿を見せてきたからだ。

そして。

「——あん？　こんなところに人が来るなんて、オレ以外にも物好きがいたもんだと思ったが……まさかの顔だな」

驚いた顔でその人物はそんなことを言ってきたが、それはこっちの台詞であった。

知っている顔だった。

いや、それどころか――

「……まさかは、私の台詞なのだけれど？　何故貴女がこんなところにいるのかしら？　――勇者」

アキラ・カザラギ。

今代の勇者であり、ノエルとも関係深い人物が、そこにいたのであった。

予想外の遭遇

ここでアキラと遭遇するというのは、完全に想定外であった。

いつか会うかもしれないと思ってはいたものの、さすがにここでというのは予想外だ。

しかも――

「えーっと……知り合い？」

ノエルとアキラの顔を交互に眺めながら、アレンは首を傾げる。

二人の言葉からすると、そういうことなのだろうが……正直意外であった。

あっちのノエルならばともかく、こっちのノエルはエルフの森で王をやっていたのだ。

おそらく外に出ることはほぼないはずで、逆に話に聞いている限りでは色々なところを転々とし

ていたらしいアキラとは、一体どこで出会ったのだろうか。

アキラが何らかの理由でエルフの森に行った可能性もあるが……と、そんなことを考えていると、ふと視線を感じた。

そちらに顔を向けてみると、ジッと見つめてきているのはアンリエットで、その顔には驚きが浮かんでいる。

何故自分にそんな顔を向けるのか分からず、アレンは首を傾げた。

「えっと、どうかした？」

「どうかした、じゃねえですよ。そこの二人が知り合いかとか、本気で言ってやがるんです？」

「……エルフの王と聖女が勇者を支援し協力してるってのは、有名な話。知り合いなのは当然。むしろ、それどころじゃない」

「自分で自分のことを有名とか言うのはちょっとアレだけれど……まあ、一般的には結構知られていることだと思うわよ？　というか、前からちょくちょく思っていたけれど、貴方結構知ってて当然みたいなことを知らないことあるわよね？」

「あー……まあ、ちょっと特別な出自《しゅつじ》だからね」

「別に詮索するつもりはねえですが……すげえ田舎にでもいやがったんですか？」

「まあ、そんなとこかな」

適当にそんなことを答えながら、なるほどこっちではそういうことになっているのかと納得する。

そして同時に、一つ気になることが出来た。

――聖女。

あっちではリーズのことであったが、こっちでも同じと考えていいのだろうか。

もしもそうならば、リーズの消息が掴めるかもしれない。

とはいえ、どうやって尋ねたものだろうか……と、考えていると、再び視線を感じた。

ただし今度はアンリエットではなく、さらにその視線は先ほどのものよりも強い。

見やれば、アキラが睨みつけるように見つめてきていた。

「あの……何か？」

「……言外《げんがい》に知らないって言われて、怒った？」

「そんな心狭いやつなんですが、勇者ってのは？」

「そんなわけないでしょう？　普通に警戒しているだけでしょうよ。勇者っていうのは、味方も多いけれど、同じぐらい敵も多いもの」

「……知らないって言ったのに？」

「そうやって油断させるのは割と常套《じょうとう》手段ですしね……なるほど、それなら納得です。まあ、女三人の中に男一人とか、いかにも怪しいですしね」

「そんな理由で警戒されても困るんだけど……？」

もちろんアンリエットなりの冗談だろうが、アキラはそれでもアレンのことをジッと見つめ続けていた。

これは本気で警戒されているのかもしれない。

どうやって警戒を解いたものだろうか……と、考えようとしたが、それよりも先にアキラが溜息を吐き出した。

そしてそれで気を取り直したのか、一度外れた視線が戻ると、そこに警戒の色は既になかった。

「……悪い。知らないやつを見かけると、つい警戒しちまってな」

「いや……別に、何か被害を受けたわけでもないしね。それに、当然のことだとも思うし」

「やっぱ勇者ってのは、色々大変なんですねぇ」

「まあ、それはそうでしょうよ。勇者ってだけで敵対する相手もいれば、期待する人もいるでしょうし」

「……どっちも大変そう」

「ま、実際大変だぜ？　ったく、こっちは何もしてないってのによ」

そう言って肩をすくめるアキラは、本気で言っているように見えた。

しかし、少し話を聞いただけのアレンでもそんなことはないだろうと思うぐらいだ。

近くで見たこともあるのだろうノエルは、そんなアキラのことを、呆れを隠さない目で見つめた。

「何もしてないって……謙虚にもほどがあるでしょうよ」

「アドアステラ王都で起こった悪魔の暗躍に、帝国の皇帝暗殺事件。果てには教皇による企みの阻止とかもでしたか？　ワタシが知ってるだけでも、勇者が解決したでかい事件ってのはそれだけあるってのに、それで何もしてないは、謙虚を通り越して嫌味だと思うです」

「……聖女達やノエルの協力とかもあったにしても、それで何もしてないはさすがに言い過ぎ」

三人が矢継ぎ早にアキラの言葉を否定するが、それでもアキラとしては納得していないらしい。

そんなことはないと、強情なまでに首を横に振った。

「ただの事実だからな。だってのに自慢したりしたら、それはただの間抜けで恥知らずだろうよ。なあ……あんたもそう思うだろ？」

そう言われても、残念なことにアレンがこっちのアキラに関して知っているのは、本当に僅かな噂話だけだ。

どちらの味方をするにしても圧倒的に情報が足りていない。

「まあ……感じ方は人それぞれって感じかな？」

アレンとしては、曖昧に肩をすくめながら、そんなことを言うしかなかった。

結果的に、両方から不満そうな目を向けられたが、仕方があるまい。

何も知らないまま無責任なことを言うよりはマシだろう。

「……ま、いいわ。そういうのも、貴女らしいと言えば貴女らしいし。それよりも……それで結局、貴女はどうしてこんなところにいるのかしら？」

「というか、勇者ってことは、どうやって帝国に入りやがったんです？　他国アレルギーの原因なんですから、絶対入れねえと思うんですが……」

「……確かに？　……密入国？」

「さすがにそれは……」

しないだろう、と思ったのだが、直後にアキラの口から放たれたのは、まさかのものであった。

「ん？　いや、ミレーヌの言ってることで合ってるぜ？　関所とかがあるとか言っても、どうしたって隙は出来るからな。そっから勝手に入っただけだ」

「だけって……本当に何してるのよ、貴女は」

「……その必要があった？」

「ってことは……んなことしてまでやらなくちゃならねえ何かがここにあるってこと、です……？」

「今のところ何も感じないけど……」

しかし、わざわざアキラが密入国してまでやってきたのだ。

何かアレン達の知らない情報を掴んでいるのかもしれない。

と、思ったのだが……。

「考えすぎだっつーの。オレがここに来たのは……まあ、個人的なことっつーか、そんなとこだ」

「個人的なこと……？　……こんなところに？」

そう言って訝し気な視線を向けたノエルの反応はごく自然なものだろう。

アレンとて同じことを思ったし、極秘の任務でやってきたと言われた方が納得出来るぐらいである。

だが。

「疑ってるところ悪いが、本当のことだぜ？　……ここには、初心を思い出すためにやってきたところだからな」

「初心を……？　ってことは、もしかして、ここに来たことがありやがるんです？」

「オレが勇者として初めて赴《おもむ》いたのがここだったからな。……ま、アレが役目を果たせたと言えるのかは、分からねえが」

「……なるほど？」

「初心ってのは、そういうことね。……それにしても、貴女がここに来ていたなんて、世間は狭いってことかしら」

「でもそういうことなら、僕達は邪魔しちゃったってことかな？」

「それ言うなら、オレもだろ？　それに——やることは、もう終わったからな」

「え……？」

どういうことかと思ったが、アキラはそれ以上言うつもりはないようだ。

そして本当に用件は終わったのか、もう帰ると言わんばかりに背を向けた。

「何よ……もう帰るの？」

「ああ。もうやることは終わったからな。これ以上ここにいる理由もねえし——っと、そうだ」

そうして歩き出し——ふと何かを思い出したのか、足を止めた。

顔だけで振り向き、ノエルに視線を向けた。

「そういえば、気をつけろよ？　悪魔達が何やら企んでるみたいだからな」

「悪魔が……？」

「……ある意味、手遅れ？」

「ああ……確かにそうね。既に一度襲われているもの」

「まあ、勇者ってのは悪魔にとって怨敵《おんてき》らしいですし、そんな勇者の手助けをしてるんですから、悪魔に襲われる理由もあるですか」

「……そうか。ま、その一度で済むとは思わねえし、言われるまでもないとは思うが、気をつけろよ？」

「ええ。もちろんそのつもりだけれど……ありがとう。忠告は、助かるわ」

「別に礼を言われるようなことじゃねえさ」

それだけを告げると、今度こそアキラは去っていった。

立ち止まることもなければ、振り返ることもなく、そのままその背中が見えなくなっていく。

「……本当に、何しに来やがったんですかねえ」

「……ま、いいんじゃないかな？　やることは済んだみたいだし」

「そうね。それに、こっちもやることはあるのだし」

「……こっちも、やることをやるべき」

「だね」

アキラのことは少し気になるが、それよりも今はやるべきことがある。

視線を戻すと、ここに来た目的を果たすべく、アレン達は歩みを再開するのであった。

一振りの剣

何の痕跡すらも見当たらない場所で、本当に目的の剣を見つけることなど出来るのだろうか。

そんなことを思ったアレンではあるが、結果的に言えばその心配は無用であった。

何の迷いもなくノエルが歩き出すと、とある場所でその足を止め、告げたからだ。

「……多分、ここだと思うわ」

多分と言いつつも、ノエルは確信を持っているようであった。

地面をジッと見つめるその顔が、間違いないと言っている。

「ここ、です……？　目印っぽいのは見当たらねえですし、他の場所との違いは見当たらねえですが、どうしてここだと思うんです？」

「ここにちょうど鍛冶場があったから、よ。あの人が剣を埋めるなら、きっと鍛冶場のあったところにすると思うから」

「……ここに鍛冶場が？　……よく分かった」

「確かにね。さすが、って言うべきかな？」

アンリエットの言う通り、そこは他と何か違うわけではないのだ。

剣が埋まってる場所が鍛冶場のところだと予想は出来ても、そもそもよくどこが鍛冶場だったのか分かったと思う。

「別に褒められるようなことではないわよ。一年に満たない時間だったとはいえ、確かに住んでいたんだもの」

「そんなもんですかねえ……正直ワタシは同じ事しろと言われても出来る自信はねえんですが」

「……同じく」

アレンも同感であったが、ノエルが何とも言えない表情をしているので何も言わなかった。

代わりにノエルが示した先を見つめ、目を細める。

「……確かに、何かあるっぽいね」

「分かりやがるんですか？」

「……何も見えない」

「私も別に実際に何かが見えたから言ったわけではないのだけれど……？」

「まあ、何となくそんな気がするってだけだからね」

実際、力を使ったわけではないのではっきり分かったわけではない。

だが、何か感じるものがあるのも事実だ。

力を以ってすればその辺はっきりするだろうが……アレンはそこまで野暮ではない。

「何にせよ、とりあえず掘ってみればはっきりするんじゃないかな？」

「……確かに。でも、どうやって？」

「そういや、掘り返すための道具なんて持ってきてねえですよね？　……まさか、素手です？」

「まさかも何も、それしかないでしょう？　別に心配しなくても大丈夫よ。掘るのは私がするもの」

「いや、僕が受けた依頼だから、僕がやるけど？」

ノエルはあくまで案内役としてここまでやってきたのだ。

普通に考えれば、依頼を受けたアレンが掘るべきだろう。

だが。

「いいの。私がやるわ。……やらせて」

ノエルはそう言うと、真っ直ぐに見つめてきた。

どうやら、何か理由があるらしい。

そしてアレンとしては、自分がやるべきだと考えてはいるが、それは義務的な意味でだ。

やりたいというのならば、替わるのには問題はなかった。

「まあ、やりたいっていうんなら譲るけど……道具とかはどうするの？」

「別に必要ないわよ。言ったでしょう？　普通に素手で掘ればいいだけだもの」

「まあ確かに素手でも掘れねえほど固くはなさそうですが……柔らかくもなさそうですよ？」

「……掘ろうと思えば掘れそうだけど、大変そう」

つま先で地面を軽く削りながらミレーヌが確認するが、ノエルは引くつもりはないようである。

肩をすくめると、自分で指し示した場所に座り込んだ。

「大丈夫よ。ドワーフっていうのは、地面を掘るのも得意みたいで……そういうのも、よく見てたから」

そう言いながら地面に指を軽く突き立てると、そのまま掘り進めた。

言うだけはあるというか、その動きはスムーズで、みるみるうちに地面に穴が開き、広がっていく。

その目は薄ぼんやりとした光を放っており、掘り進めていく先に何があるのか分かっているかのように、迷いがなかった。

やがてその穴は、ノエルの腕がすっぽり収まるぐらい深くなり……それ以上掘り進めるには、穴を広げなければならないのではないかと思った、その時だ。

不意にノエルの動きが止まったかと思うと、何かを逡巡《しゅんじゅん》するかのようにその眉をひそめたのである。

だがそれも一瞬であった。

次の瞬間には、ノエルの腕が穴のさらに奥へと進み、直後、それまでとは違う力がその腕に込められたのが分かった。

それは穴を掘り進めるためのものではなく、きっと掴んだものを引きずり出し、持ち上げるためのもので……そのままノエルの腕が、穴から引き抜かれた。

そして。

「それが……？」

「……多分、そうだと思うわ。まさか、二振りも埋めたりしないでしょうし」

「……そうだったら、困る」

「ちなみにその場合、『ソレ』が目的のものかどうか分かりやがるんですか？」

アンリエットが示したものは、もちろんノエルが掴んでいるものだ。

しかしそれは一見すると剣であるかは分からない。

地面に埋めるためだろう、布か何かに包まれていたからである。

とはいえ、さすがに剣以外のものは埋められていないだろうし、シルエット的に考えても剣で間違いないとは思うが……問題は、それが本当に目的の剣であるかだ。

だがアンリエットの問いに、ノエルは首を横に振った。

「少なくとも私は、分かるって自信を持って言うことは出来ないわね。だって私は、あの人が打った物を見比べても、違いなんて分からなかったんだもの」

「……どれも同じように見えた？」

「そうだとも言えるし、そうじゃないとも言えるわね。記憶がなくて素人以前の問題の私にも、全部が全部凄いものだって分かったんだもの」

「さすがは超一流の鍛冶師ってところですかねぇ」

「それに、文字通りの意味だとは限らないもの」

「ああ……なるほど？」

あっちのノエルに以前聞いたことがあるのだが、鍛冶師にとって最高傑作というものは存在しないのだそうだ。

常に最高のものを作ろうと思っているものの、だからこそ、最高のものが出来たと思った次の瞬間には、さらに上のものが作れるし作りたいと思うのだそうである。

ゆえに、鍛冶師にとって最高傑作というものは本来存在しない、と。

「でも、相手は超一流の鍛冶師ですよ？　なら、本当に最高傑作ってものを作ってもおかしくないんじゃねえですか？」

「ええ、それも有り得ると思うわ。でもだからこそ、何とも言えないのよ」

「超一流の鍛冶師が打ったもの、だもんねえ……見れば分かりそうな気もするけど、逆に最高傑作に見えても実はそうじゃないって可能性もある、か」

「……難しい」

「本当にね。まあでも、実際のところ、本当はノエルはそう思ってないんじゃない？」

「……何でよ？　私は別に嘘は言っていないわよ？」

「うん、別にそこは疑ってないよ？」

ただ……ノエルの様子を見て、何となく思ったのだ。

ノエルが言ったことは本当だろうし、そう思っているのも事実だろう。

しかし、同時に――

「それが目的のものだって確信を持ってもいる。そうだよね？」

「……根拠はないわ。ただの私の勘ってだけ」

「ふーん。なら、いいんじゃねえですか？　一発で探し当てたオメエの言うことですしね。少なくともワタシにはそれを疑う理由はねえです」

「……同じく。ノエルがどう思ってようと信じられると思う」

アレンも二人の意見に異論はなかった。

そもそもこの中でヴァネッサのことに一番詳しいのは、間違いなくノエルだ。

そんなノエルが確信を持っているのならば、疑う必要などないに決まっていた。

「……一応中身の確認ぐらいはしておいた方がいいと思うのだけれど」

「必要ないって」

「これで実は剣ですらなかったとかだったら笑い話にもならねえですが、少なくともそれを持ってるオメエには剣かどうかぐらいは分かるでしょうし」

「……だから、大丈夫」

「……分かったわよ。貴女達がそこまで言うのならば、私もこれ以上は言わないわ」

照れているのか、そう言いながら目をそらしたノエルの姿に、アレン達は顔を見合わせると笑みを漏らす。

そんなアレン達の様子に気付いたのか、ノエルは睨みつけるように見つめてくると、照れを誤魔化すためにか手に持っていたものを押し付けてきた。

「ほら、これ。これを探すためにここまで来たんでしょ」

「うん、そうだったね。ありがとう」

渡されたものを掴むと、確かにそれは剣のようだった。

目を細めて眺めてみるも、さすがに直接見てみないことにはよく分からない。

だが、ノエルが確信を持っているのならばわざわざ確認する必要はないだろう。

あとはこれを持って帰るだけだ。

……とはいえ、その前に一つ確認しなければならないことがあった。

「さて、それじゃあ後は帰るだけだけど……この後、どうするの?」

この後ノエルはどうするのか、それが問題だ。

エルフの森に帰るのか、それともやはり王国へ行くのか。

ノエルのことを見つめながら問いかけると、ノエルは一瞬俯いたものの、すぐに見つめ返してきた。

「……そうね。正直なところ、さっきまでずっとどうしようか迷っていたのだけれど……決めたわ。

――もう一度王国に行く」

「いいの？　色々な意味で、だけど」

「ええ。もちろん、本当はよくないんでしょうけれど……でも、行かなくちゃならない気がしたから──いいえ、行きたいって思ったから。わがままでしかないし、きっと色々迷惑かけちゃうでしょうけれど……それでも、そう決めたから。私は、行くわ」

「……ま、覚悟の上ならいいんじゃねえですか？　ワタシにとっては他人事ですからどうでもいいですが」

「……ノエルがそう決めたのなら、支持する。わたしも、付き合う」

どうやら決意は固いようであった。

ならばアレンからも特に言うことはない。

「そっか。なら仕方ないね。──ま、正直なところ、迷惑云々に関してはどうとでもなるし」

帰還

眼前の光景を眺めながら、アレンは目を細めた。

視線の先にあるのは、辺境の街である。

こうして見るのは久しぶりな気がするが……いや、実際久しぶりなのか。

そうは思えないのは、何だかんだ言って旅の間充実していたということなのだろう。

と、そんなことを考えていると、横から視線を感じた。

顔を向けてみれば、そこにいるのは不満げな顔を隠そうとしていないノエルである。

「……何だか不満そうだね？」

「不満に決まってるでしょうが……色々考えた末に決意を固めたっていうのに……」

「……これは反則」

「まあ、さすがにワタシも同感です。……転移で移動するとか、ありかって話ですよ」

そう、アレン達はアレンの転移によって辺境の街へと戻ってきたのであった。

これならば関所を通らないため、ノエルが王国に再びやってきたということが帝国に感知されることはない。

何の問題もないと思うのだが――

「確かにこれなら問題はねえですが、それはそれっていうか、釈然としねえって話です」

「悩んでた時間が無駄だとは思わないけれど、何だったんだろうとも思うのは当然でしょうよ」

「……それに直前まで何も言わなかった」

「言わない方がいいと思ったからね」

ノエルは真剣に悩んでいた。

何をそんなに悩んでいたのかは分からないものの、それでも邪魔はしない方がいいと思ったのだ。

実際文句は言っても怒っているわけではないだから、おそらくそれで正解だったのだろう。

「ま、ともあれこうして戻ってこれたわけだけど……これからどうするつもり？」

アレンが聞いたのは、王国に戻ることを決意したというところまでだ。

戻って何をするのか、ということは聞いていない。

あそこまで悩んでいたのだから、何か考えているのだろうとは思うが――

「これからどうするつもりか、か……さて、どうしましょうね」

「はい？　……もしかしてですが、何も考えてねえんです？」

「……あれだけ悩んでたのに？」

「悩んでたのは、あくまでここに戻ってくるかどうか、ということだもの」

「そもそも何か理由があっても戻ろうか悩んでたってわけじゃない、と？」

「ええ」

予想外の返答に、アレン達は思わず顔を見合わせた。

つまり戻ってくることは決めても、そこから先は無計画、ということらしい。

「……とりあえず、もう一度あっちに戻ろうか？」

「戻すんならそいつだけにしやがれです。ワタシの役目はもう終わったですし、あっちに戻る意味がねえです」

「……戻れそうなら、エルフの森の方がいいかも？」

「ああ、確かにね。そういうことなら、一応話を通しておいた方がいいかも」

これなら帝国にバレないとはいえ、何か問題が発生しないとも限らない。

その時下手に話しておくと巻き込んでしまう可能性があったため、エルフの森には寄らず直接こっちに戻ってきたのだが……ノエルが何も考えていないというのならば一度戻って話しておくのもありだろう。

だが。

「ちょっと……私は戻らないわよ？　戻ったところでお小言もらうだけでしょうし、わざわざ面倒なだけじゃない」

「いや、でも何も考えてないってことは、いつ戻るかも分からないってことだよね？　ちょっと滞在するだけだと思ってたから、それならいくらでも誤魔化しようはあるから問題ないと思ってたんだけど……」

「大丈夫よ。……きっと、そんな時間はかからないから」

「……？」

どういう意味かと思ったものの、とりあえず本当に何も考えていない、というわけではなさそうだ。

それでも口に出さないのは、何か理由があるのか……あるいは、本人も分かっていないのか。

何にせよ、とりあえず戻る必要はなさそうだ。

「まあ、それならいいんだけど……ああ、そうだ、戻る時になったら言ってね？　帝国に戻る際に関所通っちゃったら、それはそれで大変なことになるだろうから」

「……単純にここに戻ってきたのとは別の問題が起こりそう」

「出てった記録がねえのに戻ってきたわけですからねえ。どうやって知られずに出てったんだって話になるですし、間違いなく大問題になるです」

「そうね、その時はまた世話になると思うけれど……なんか、悪いわね」

「いや、半分以上は僕の責任だからね。ちゃんと最後まで責任は持つよ」

それに関してはアレンが転移で連れてきてしまったのが問題なのだ。

そうしなければ別の問題があったとはいえ、それはそれである。

アレンが最期まで責任を持つのは、アレンの義務であった。

「ああ、ただ、出来れば前日ぐらいには知らせてくれると嬉しいかな？　さすがに当日ってなると、そもそも会えるかが分からないし」

「まあ普通に考えれば依頼やってるでしょうからねえ。戻ってくるのいつになるか分からねえですし、下手すりゃ数日留守にするなんてこともあるでしょうし」

一応数日かかりそうなものなどは受けるつもりはないが、戻ってくるのが夜になるというのは十分有り得るだろう。

ギルドに言付けておいてもらったとしても、時間帯的に会うのは難しくなっている可能性がある。

そういうことを考えれば、前日までに知らせてもらうのが無難だ。

と、そんなことを考えていたら、何やら考え込んでいる様子のノエルの姿が見えた。

「どうかした？」

「いえ……ふと思ったのだけれど、貴方って確か今って適当な宿に泊まっているのよね？」

「うん？　そうだけど……」

「で、私達が出てった後、私達が泊まってるところをそのまま使うつもりなのよね？」

「……ノエル？　……なんか、変なこと考えてる気がする？」

「別に変なことじゃないわよ？　なら、その時期を少しだけ早めてもいいんじゃない？　って思っただけだもの」

「はい……？」

ノエルの言いたいことは何となく分かる。

つまり、ノエル達の泊まっているところにアレンも泊まらないか、ということなのだろう。

だが――

「いや、十分変なことじゃねえですか。オメエは何を言いやがってんです？」

「私は効率がいい方法を提案しているだけよ。だってそうすれば、帰ろうとした時にすぐそのことを伝えられるでしょう？　貴方も少しだけ早く拠点を移すことになるだけだし」

「それはそうかもしれないけど……」

「……さすがに不用心」

「そうかしら？　そんなもの、今更必要？」

「それは……」

いや、でも言われてみれば確かに今更なのかもしれない。

エルフの森でも同じ家で寝泊まりしているし、野宿をした時はもっと近くにいたりもした。

それを考えれば、既に今更と言えば今更だ。

「いえ、ですが、それは……」

「何だったら、貴女も泊まってくれてもいいのよ？」

「へ？　ワタシが、です？」

「ええ。無駄に広いところを借りているから、部屋は余っているもの。今日泊まる宿はまだ決まっていないのでしょうし」

「そりゃ、前使ってたところは引き払ってるですが……」

「……ノエル？」

首を傾げながら、不思議そうな視線をミレーヌが向けるが、ノエルは肩をすくめただけであった。

何か考えているのか……それとも、特に考えはないのか。

アンリエットも同じようなことを考えているのか、訝し気な目でジッとノエルのことを見つめていたが……やがて、諦めたように溜息を吐き出した。

「……ま、ワタシにとって悪い話じゃねえですし、受けてやるです。ただ、宿代はいくらになるんです？」

「別にいらないわよ……っていうと泊まらなそうだから、そうね、泊まっているところに行ってから決めましょうか。正直相場とかよく分からないもの」

「……同じく。教えてほしい」

「泊める奴にやつに宿代聞いてどうすんですかオメエらは……」

呆れ交じりの溜息を吐き出しながら、アンリエットはアレンに視線を向けてきた。

お前はどうするのだと問われているのだということは言われずとも分かり……しかし、悩んだのは一瞬だ。

アンリエットが言ったように、この話は悪い話ではない。

むしろアレンにとってメリットしかない話だ。

なら、答えなど決まっていた。

「じゃあ、僕もお世話になるとしようかな」

「ええ、よろしくね。まあ、といっても、部屋を貸すだけで世話をするつもりはないけれど」

「……自分のことは、自分でやる」

「ま、その辺は今までやってきたことと何も変わらねえですしね。何の問題もねえです」

もちろんアレンもそんなつもりは最初からないし、言葉の綾《あや》というものだ。

もっとも、ノエル達もそれは承知の上で言っているのだろうが。

「っと、その前に、依頼の品を届けてきちゃってもいいかな？」

「別にいいんじゃないかしら？　既に場所は知っているのだし」

「まあ、目的のもんだと思われるやつは手に入れたわけですからね。とっとと納品しちまいたい気持ちは分かるです」

「……納品ということは、ギルド？」

「いや、直接届けてほしいって内容だったから、依頼主のところだね」

その言葉に、僅かにノエルが反応したのが分かった。

隠そうとしているようだが、気になっているのがバレバレである。

「……一緒に行く？　協力してくれた人だって言えば、無下には扱われないと思うけど？」

一応聞いてはみたものの、何となく返答は予想が付く。

そして、返ってきた言葉は予想通りのものであった。

「……いいえ。行かないわ。別に用事はないし、結構疲れたもの。家に帰って休みたいわ」

「まあ、エルフの森で一泊したとはいえ、野宿なんかが多かったこともあって疲れは取り切れなかったですしね。正直ワタシも早くそこに行って休みてえです」

「……寄り道する程度の体力ならあるけど、ノエル達がそう言うなら、わたしもそうする」

「そっか……」

そういうことならば、無理強いすることはあるまい。

それに、この機会を逃したらもう会えないということもないだろうし、アレン一人で行くとしよう。

「じゃ、そういうことで僕は行ってくるよ」

「ええ、いってらっしゃい」

「……また後で」

「ああ、行きはしねえですが、気にはなるですから、後で話は聞かせやがれです」

ならば一緒に行けばいいのではないかと思ったが、アンリエットなりに気を遣っているのだろう。

はいはいと苦笑を浮かべながら頷くと、アレンはヴァネッサのいる鍛冶場へと向けて歩き出す。

そして。

誰の姿もない空っぽのそこを、目にするのであった。

空っぽ鍛冶場

ヴァネッサの鍛冶場は、まるで嘘のように静まり返っていた。

てっきり今回もまた鍛冶の音に迎えられると思っていたので、正直予想外である。

別に普通に考えれば、何らかの理由で留守にしているだけとなるのだろうが――

「……ま、考えたところで、分かるわけもない、か」

分かるのは、ヴァネッサの姿がないということだけだ。

一瞬依頼の品を置いていこうかと思ったものの、さすがにそれは駄目だろう。

何より、これが本当に依頼の品かは分からない。

ほぼ間違いないとは思うものの、違うという可能性だってあるのだ。

やはり本人に直接渡すしかあるまい。

「かといって、誰もいないところで待つってのもなぁ……出直すしかないか」

呟き、踵《きびす》を返そうとして……ふと、首を傾げた。

何か違和感を覚えた気がしたのだ。

何だろうかと思い、その場を見渡し――

「ああ……なるほど」

気付いてしまえば、簡単なことであった。

炉の火が、消えていたのだ。

誰もいないのだから、それは当然なのかもしれないが……かつて、ノエルから聞いたことがあった。

炉の火は一度消してしまうと再び使えるようになるのに時間がかかるため、長時間留守にする時でもなければ消すことはない、と。

寝る時だろうと外出する時だろうと、基本的にはそのままにしておくらしい。

少なくとも自分はそうするし、師匠もそうしていたと、そんな話を聞いたことがある。

「うーん……何となく嫌な気がするけど……」

一応、ギルドで聞いてみるとしようか。

ギルドならば、知っている可能性がある。

……何となく、無駄のような気はするが。

それに、嫌な予感なんて今更と言えば今更かもしれない。

そんなものは、この状況にアレンが陥ってから、ずっと纏《まと》わりついているのだから。

†

結論を言ってしまえば、無駄であった。

ギルドにヴァネッサのことを尋ねても、何も知らないという答えが返ってきたのである。

まあ、ギルドも街の中の全てを把握しているわけではあるまいし、住んでいる側もギルドに報告する義務はない。

そう考えれば、その返答は予想通りだとも言えた。

ともあれ、ギルドで分からないのならば、これ以上探し回っても無駄だろう。

ヴァネッサのところにはまた明日にでも行くとして、アレンは一先ずノエル達の住む屋敷へと向かうことにした。

「……それにしても、妙なことになったもんだなぁ」

まさかこっちでもノエル達とあそこで住むことになるとは。

もっとも、ノエルとミレーヌは数日後には出ていくのだろうし、その時にアンリエットも出ていくことになるのだろうが。

ただ、それでもやはり嬉しさは感じた。

ノエルが何を考えてそんな提案をしたのかは分からないが、少なくとも数日程度一緒の場所で住んでも構わないと思う程度には彼女からの信頼を得ることが出来たということでもあるのだろうし。

「あとはこれでリーズもいてくれたら完璧なんだけど……そもそもまだ会えてすらいないからなぁ」

というか、名前すら耳にしてはいない。

一応聖女という言葉だけは聞いたが――

「ああ……でも、そっか。ノエルなら何か知ってる可能性があるのかな？」

ノエルは聖女と共にアキラのことを助けているし、そのことは有名だということなのだから、面識ぐらいはあっても不思議はない。

いや、あるいは、当たり前のように聖女という言葉が使われていたあたり、ノエル以外でも知っている可能性はある。

どこで何をしているのか、尋ねれば分かるのだろうか。

まあ、分かったところで何をするつもりもないのだが。

「偶然会ったりするならともかく、こっちから会いに行くのは何か違う気がするしね」

それに、アレンはこれでも自分が割とトラブル体質だという自覚がある。

自分から何かをするのではなく、何故かトラブルに巻き込まれるといった感じだが、周囲もそのトラブルに巻き込んでしまうことに変わりはない。

リーズをそこに巻き込むのは、なるべくやりたくなかった。

別にノエル達ならばいいというわけではないのだが、ノエルやミレーヌ、それにアンリエットは、どちらかと言えば自分からトラブルに首を突っ込んでいくタイプだ。

しかしリーズはそうではない。

もっとも、聖女として勇者の手助けをするということを既にしているみたいだが……だからこそ、尚のこと余計なトラブルは持ち込みたくなかった。

「……って、なんか言い訳してるみたいだなぁ」

誰に何を言い訳しているのかは分からないが。

と、苦笑しつつそんなことを思っていると、屋敷に辿り着いた。

見覚えのある、見慣れた景色に、何となく目を細める。

「今日からまたここで暮らすのか……」

アレンの主観で言えば、ここに住んでいたのはそれほど前のことではないのだが……だからこそか、妙な感慨深さのようなものがあった。

だが、いつまでもそんなことをしていたところで仕方ない。

気を取り直すと、屋敷に向かって歩き出した。

†

一瞬ただいまと言いそうになってしまったが、慌ててお邪魔しますに言い直した。

今日から泊まる予定とはいえ、初めて訪れたのにただいまはおかしいだろう。

そんなことを考えながら屋敷の中を見渡すと、視界に入ったのは見慣れた光景であった。

アレンの見知ったものとほとんど違いはなく……ただ、それも当然か。

あっちでアレンが屋敷を買った時、内装にはほとんど手を加えなかった。

ノエル達もそういうことはあまり気にしないだろうし、それを考えればあっちの屋敷とほぼ変わらないのは不思議なことでもない。

と、そうしてどこか違ったところはないだろうかと、間違い探しでもしているような気分で眺めていると、ふと声がかかった。

「あら……来たのね。いらっしゃい、でいいのかしら？」

ノエルだ。

着替えた上に風呂に入っていたのか、こざっぱりした格好になっている。

それでもアレンの目を気にしている様子がないのは、単に慣れたからだろう。

何日も共に旅をしていれば、嫌でも慣れるというものだ。

「いいんじゃないかな？　まあ、少なくとも堅苦しいのは必要ないだろうし」

「そうね。……ところで、『それ』なのだけれど」

そう言ってノエルが視線を向けてきたのは、アレンが持ったままの依頼の品である。

まあ、納品しに行ったはずのものを未だに持っているのだ。

気にするのは当然というものだろう。

「ああ、うん、届けようと思って行きはしたんだけど、不在でさ。ギルドにも聞きに行ってはみたんだけど、どこに行ったか知らないって言うからね」

「持ち帰ってきた、と。……なるほど、来るのが少し遅いとは思っていたけれど、ギルドに行っていたからだったのね」

「そういうこと。……ところで、二人は？」

「ミレーヌとアンリエット？　さあ？　戻ってきてからは見ていないけれど……とりあえず、ミレーヌは休んでいるんじゃないかしら？　あの娘はそういうのあまり顔に出さないけれど、何だかんだで疲れたでしょうし」

「確かに」

今回の旅の間、ミレーヌはずっと御者台に座り御者をやっていた。

それは皆での話し合いの結果で、ミレーヌが望んでのことではあったが、それでも疲れて当然のことである。

休んでいるというのも納得であった。

「アンリエットは……部屋を整えてでもいるのかな？」

「かもしれないわね。ああ、そうそう、部屋と言えばちょうどいいわ。貴方に貸そうと思ってる部屋の案内をついでにしてしまおうかと思うのだけれど、いいかしら？」

「それは助かるかな。ありがとう」

「どういたしまして」

そうしてノエルに連れられて向かったのは、見覚えのある部屋であった。

いや、この屋敷にある部屋ならば基本見覚えはあるのだが……そこは、あっちでもアレンが使っていた部屋だったのだ。

「……思ったより綺麗だね？　それに、最低限の家具もあるみたいだし」

「掃除は私達にここを貸してくれた人がやってくれたみたいね。家具は最初からあったっていうか、前に使ってた人が残してったらしいわ。ここを借りた時、だからそういうのは気にしなくていいって言われたもの」

「そうなんだ……」

あっちでここを買った時もそんな感じであったので、その辺も同じのようだ。

それにアレンは既にあった家具で十分だったため、内装を変更することもしなかった。

そのせいか、余計に見慣れた光景がそこにはあり、思わず目を細める。

「どうかした？　……もしかして、気に入らなかったかしら？　もしそうなら、他にも部屋はあるからそっちを使ってもらってもいいのだけれど……」

「いや、そんなことはないよ。十分すぎるっていうか、広すぎるぐらいだし」

「そう？　それならいいのだけれど」

「うん。本当に、十分すぎるぐらいの部屋だよ」

そんな風に答えながら、部屋の中を見渡す。

自然とあっちで過ごした日々が思い起こされ……ふと、思った。

どうやら自分は、思っていたよりもあっちでの生活を気に入っていたらしい。

今までもそうではあったが、あっちに戻ろうと、より強く思った。

もちろん、こっちでの生活もおろそかにするつもりはないが。

「さて……案内してくれてありがとうね」

「いいわよ、別に。私が誘ったってのに、誘いっぱなしってのもあれでしょうし。まあ、さっき会ったのは偶然なのだけれど」

「それでも助かったのは確かだからね」

「そう……ああ、なら、代わりにってわけではないのだけれど、一つ頼んでもいいかしら？」

「頼み……？」

何だろうかと思っていると、ノエルの視線がアレンの手元に向けられた。

そこにあるのは、持ち帰ってきた依頼の品だが――

「……これ？」

「ええ、それ。よければ、少し貸してくれないかしら？　そうね……明日には返すから」

「明日まで、かぁ……まあ、正直なところ持ってても何に使うってわけでもないから別にいいけど……」

どうせヴァネッサのところに持っていくまで置いておくだけなのだ。

貸して欲しいというのならば、貸すこと自体はやぶさかではない。

問題はこれをどうするつもりなのかということだが……まあ、ノエルならば変なことには使わないだろう。

そう思ったので、特に用途を聞くでもなく素直に渡した。

「じゃあ、はい。どうぞ」

「……自分で言っておいてなんだけれど、いやにあっさり貸すのね。どう使うのか聞きもせずに」

「君なら大丈夫だろうと思ったからね」

「……そう。ありがとう。なら、ありがたく貸してもらうわね」

そう言ってノエルは、どことなく神妙《しんみょう》な様子で受け取った。

まるで大切なものか、物凄い高価な物でも受け取るかのようで……いや、実際物凄く高価な物ではあるのか。

超一流の鍛冶師が打った生涯最高傑作ともなれば、下手をすれば値段を付けられないとなっても不思議ではない。

とはいえ、この様子は何となくそれだけではないようにも感じるが……あっちのノエルは鍛冶師だったわけだし、こっちのノエルも興味があるということなのだろうか。

まあ、ノエルにはノエルの事情があるのだ。

詳しく詮索はするまい。

それよりも、この後はどうしようか。

部屋を片付けるにしても、アレンの荷物は手持ちのものだけだ。

内装を変更するつもりも特になく、あっさり終わってしまうだろう。

その後は、どうしたものか。

何やら真剣な顔で受け取ったものを眺めているノエルを横目に、アレンはこの後のことを考えるのであった。

決意と覚悟

アレンから借りたそれを眺めながら、ノエルは目を細めた。

夜は既に深まっており、屋敷の中は静まり返っている。

そんな中で灯りを付けることもなくジッとそれを見つめているのは、傍目から見ると危なく思われそうでもあるが、それを理解しつつもノエルが止めることはなかった。

ただジッと見つめ……ゆっくり、それを包んでいるものへと手を伸ばす。

見た目的には布のようだが、触った感触から考えると少し違うようだ。

布よりも遥かに頑丈なようで、おそらくこれだけでも相応に価値のあるものだろう。

エルフの森の外のことにはあまり詳しくないノエルであるが、そのぐらいのことは分かった。

もっとも、それを外す手がゆっくりになったのは、そういったことが理由ではない。

手にするだけで、中身の方の存在感に圧倒されたからだ。

彼はよくこんなものを平気そうな顔で持っていたものだと、そんなことを思いながら少しずつその姿を露わにしていく。

そうして現れたのは、予想通りの――いや、予想以上の剣であった。

「……これが最高傑作、か」

そう言ったのも、納得の出来であった。

というか、それを否定することなど誰にでも出来ないに違いない。

あるいは、彼女以上の鍛冶師であれば出来るのかもしれないが……そんなものが存在しているのかという時点で疑問であった。

「だからこそ、これを埋めてたのかしらね……？」

これが世に出れば、少なくない混乱が生じることだろう。

もちろん、これを手にしようとする人が殺到することでだ。

そんなことを思い、だが直後に否定した。

それは冗談だったからではなく——

「あの人がそんなことを気にするはずがないものね」

そんな人並みの感性を持っていたら、あの山での生活は随分違ったものになっていたことだろう。

そして、これは出来上がらなかったに違いない。

当たり前の感性を持っていないからこそこれは出来上がったのだと、理屈ではなく本能で、ノエルはそれを理解した。

「そしてだからこそ、あたしでは到達しえない、か……まあ、分かっていたことだけれど」

そんな言葉を呟き、ノエルは思わず苦笑を漏らした。

あの背中を見ていれば、考えるまでもないことであった。

あるいは……だからこそ、ノエルはエルフの王になることを決意したのかもしれない。

最も憧れる背中に届かないのならば、と。

別に妥協の結果などと言うつもりはないが、その要素がまったくないと言ってしまったら嘘になるだろう。

ただ、だからこそ、ノエルがあの背中を追うことは決してなかっただろうな、とも思った。

もしもそんなことがあるとするならば——

「……どうかしらね。どんなことがあってもそんなことはないと思うのだけれど……」

思うのだが、不思議と、その光景をはっきりと脳裏に思い浮かべることも出来た。

ヴァネッサが座っていたあそこで、槌《つち》を振るっている自分の姿が。

有り得ないと思っているのに……それほどの何かが自分の中にはあるということなのだろうか。

「……まあでも、仕方ないことよね」

普通の人がどうやって自分の成りたいものを見つけ、それに決めるのかをノエルは知らない。

おそらくは幼少の頃からの憧れが元になるのではないかと思ってはいるものの、ノエルにその記憶はないのだ。

ノエルの記憶にあるのはあの背中だけで、でもそこに手を伸ばすことは許されなかった。

他でもないヴァネッサがそれを拒絶していたのをノエルは感じ取っていたし、ノエル自身も自分にそれだけの才能がないことは分かっていた。

もしかしたら、もう少し時間があったならば、それでもと思っていたのかもしれないが、そうはならなかった。

そんな時間が、そんなもしもが、ノエルに与えられることはなかったのだ。

その前に迎えが来て、それよりも遥かに自分に向いている、自分でなければならないモノの存在を提示された。

ならば……自分が選ぶ道など、初めから一つしかなかったのだ。

もっとも、そのことで誰かを責めるつもりはない。

見当違いにも程がある上に、何よりも決めたのは自分自身である。

それを否定することは、自分を否定することだ。

そんな間抜けになるつもりはなかった。

「もしかしたら、これを見たかったのは、そんなことを確認するつもりだったのかしらね……？」

これを見ようと思ったのは、正直何となくだ。

具体的に何か理由があってのことではなく、ただ何となく見たいなと思って……見るべきだと思ったからこそ、借りたのである。

それ以外に理由はなく――

「……いえ、きっと、そうではないのでしょうね」

ふと、そんなことを思った。

何か根拠があるわけではないのだが……何となくそう思ったのだ。

彼らをこの屋敷に誘った時と同じように。

勇者の手助けをすると決めた時と同じように。

あるいは……エルフの王になることを決めた時と同じように。

多分、きっと、これが、ノエルの運命なのだ。

「さて……それなら、行きましょうかね」

そしてそういうことならば、この後ノエルが何をすべきかということも決まっていた。

ずっとその考えは頭にあったのだ。

だが何故そうしようとしているのかが分からなかったのだが……。

「ええ、きっとそういうことなんでしょうね。私がここに来るのも……戻ってこなくちゃならないって思ってたのも、全て」

この時のためだったのだ。

そう納得したノエルは、手に握ったままの剣を元の通りに戻すと、そのまま立ち上がるのであった。

†

外の空気は、思っていたよりも冷えていた。

もしくは、単にノエルが緊張しているというだけなのかもしれないが。

外の灯りは乏しかったものの、不思議と足取りに迷いはなかった。

月明かりがあったというのもあるが……やはり、自分がこうすることは決められていたのだろうと、そんなことを思う。

そうしてノエルが辿り着いたのは、街から離れた場所にある森であった。

夜の森ともなればかなりの危険が伴う場所だが、そこもやはりノエルは迷うことなく進んでいく。

いや、むしろ足取りは先ほどよりも軽いぐらいか。

とはいえそれも当然だ。

ハイエルフである自分にとって、森の中というのは自分の家の庭も同然である。

どこに何があるのか漠然とではあるが分かるし……だから、自分が進むべき先もはっきり分かっていた。

そこは森の中にぽっかりと開いた、広場のような場所だ。

一瞬、踏み入るのに忌避感のようなものを覚えたものの……それはきっと、彼女がいることが分かっていたからだろう。

気を取り直して歩を進め、視線の先に彼女の姿があるのを捉えた。

そして。

「……はぁ」

初めに耳に届いたのは、溜息であった。

目は合わないものの、呆れているということだけはしっかり伝わり――

「――まさか、本当に来るとはな」

向けられた視線に、反射的に身体が跳ねた。

その瞳に込められているのが、間違いなく殺気だということが分かったからだ。

「――ったく、この阿呆が」

「――え？」

瞬間、何が起こったのか分からなかった。

視界が回ったかと思ったら、空が映し出されていたからである。

だが、すぐに何が起こったのか理解した。

変わったのは視界ではなく自分の身体で、地面に倒れ込んでいたのだ。

そして誰がそんなことをしたのかなど、考えるまでもない。

その人物の顔が視界に映っているとなれば尚更で――

「まさかここまで間抜けだったとは……本当に、嫌になるな」

そう告げてきた彼女の目は、酷く冷たいものであった。

一度も向けられたことがないもので……それでも不思議と動揺することがなかったのは、何となくこうなることが予想出来ていたからかもしれない。

しかし、直後に聞こえてきた声だけは、少しだけ予想外であった。

「確かにハイエルフがここまで間抜けだとは思わなかったが……まあ、エルフの王などと嘯《うそぶ》こうが、所詮は愚者の一人だということなのだろう。あるいは、我が力が優れ過ぎていただけなのかもしれぬが」

声に視線を向けてみれば、そこにいたのは見覚えのある姿であった。

同時に、納得する。

それならば、色々なことが納得出来た。

「そういうことだったのね――悪魔」

それは、ノエル達が王都から辺境の街へと向かっている時に襲ってきた、あの悪魔であった。

あれ以来何もなかったので正直半分以上忘れかけていたのだが……。

「彼に敵わなくて逃げたのかと思えば、そうじゃなかったのね」

「ふんっ……減らず口を。我は別に逃げたわけではない。ただ、余計な消耗を避けただけのことだ。我らにはやらねばならぬことが山ほどあるというのに、無駄な消耗をするなど間抜けのすることよ。やはり物事は効率よくやらねばな」

「ふーん……効率を重視する割に、随分口数が多いじゃない。無駄口を叩くのは、非効率じゃないのかしら？」

「っ……貴様……！」

言い訳にしか聞こえなかったので言ってみたのだが、やはり図星だったようだ。

悪魔は顔を屈辱に歪め、だがすぐに勝ち誇ったように唇を吊り上げた。

「ふんっ……まあいいだろう。貴様のような愚者に我の崇高な考えが理解出来ぬというのは当然のこと。その程度のことに腹を立てていてはそれこそ無駄というもの。なればこそ、貴様らは愚者なのだからな」

賢《さか》しらに言っているものの、結局はやはり言い訳にしか聞こえないのだが……まあ、言ったところでどうせ不毛なだけだ。

それよりも、折角饒舌《じょうぜつ》になっているのだから、気になっていることを尋ねてみようと思った。

「そ……なら、その愚者に教えてほしいのだけれど、私がここに来たのはアンタのせいってことでいいのかしら？」

「無論よ。貴様らに感じ取れないのも無理はないが、貴様の持っているそれには我の力が込められている。ほんの少しではあるが、それでも貴様の行動を誘導することは出来る、というわけだ。もっとも、貴様がもっと思慮深くあったのならば、あるいは効かなかったかもしれんがな」

「思慮深くなくて悪かったわね。で、ということは、これを取りに行かせたのは？」

「無論我の策略よ。まあ、もう一つの策略である、帝国と王国との戦争の誘発は上手くいっていないようだが……問題あるまい。貴様がどのようにして関所を素通りしたのかは知らぬが、貴様がここにいるというのは事実だ。それを突き付ければ、あとはいくらでも理由など作り出せよう。むしろ、関所を通っていないことでよりやりやすくなったやもしれん」

「……なるほど、ね」

帝国はそこまで馬鹿だっただろうかと思ったのの、どうやら悪魔が裏で糸を引いていたようだ。もっとも、それでまんまと引っかかってしまうあたり、馬鹿なのは変わりないのだろうが。

「……いえ。それは私も変わらない、か」

先ほどから何も喋らず、ジッと冷たい目で見つめてきているだけの彼女のことを眺め、そう思う。本当に、言い訳のしようもないほど、馬鹿で間抜けであった。

「さて……他に聞きたいことはないのか？　折角の機会だ。何でも答えてやろうではないか」

「……随分機嫌がいいじゃない」

「当然であろう？　目障りだった神の操り人形を、ようやく一匹消すことが出来るのだからな。貴様らに我らがどれほどの邪魔をされたか……貴様には分かるまい」

「分かるわけないでしょう？」

どうせ悪魔が言っていることは、誰かの迷惑となるようなことだろう。

それを邪魔されたと恨まれたところで、知ったことではなかった。

「ふんっ……だがまあいい。それもこれまでよ。貴様らを始末しようとするたび、貴様らのことを守ろうとする強固な運命に邪魔されてきたが……やはり『それ』が相手ならば余計な邪魔は入らぬようだ」

悪魔の言葉につられるように、ノエルの視線が自然とそれに向く。

彼女の手には、一振りの剣があった。

それが普通の剣ではないということは一目で分かり、しかもそれは単に出来の話だけではない。

おそらく単純に剣としてみても超一流のものなのだろうが……それ以上に、その剣からは死の匂いが濃厚に漂ってきていた。

なるほどあれに貫かれでもしたら、いくら自分でも死は免れ得まい。

というか、自分を殺すだけならば、そこまで大層なものを用意する必要はあるまいに――

「……私なんかのために、わざわざご苦労なことね」

「まったくよ。出来れば貴様に我らの苦労の全てを語って聞かせたいところだが……さすがにあまり時間を与えすぎると何があるか分からぬからな。――そろそろやれ」

その言葉と共に、彼女が腕を振り上げた。

このままでは確実に死ぬということが分かっていたものの、何もすることは出来ないし、そもそもする気が起きない。

いや……あるいは、ノエルはそれを望んでいたのかもしれなかった。

彼女の手にかかるのならば、それは――

「……本当にお前は、馬鹿で間抜けだ。――だが」

「――え？」

瞬間、茫然とした声が漏れたのは、彼女の顔が見えたからだった。

その口元の苦笑と、出来の悪い子供を見るような目が、見えたからで――

「どうやら、そんなお前を理解してくれてるやつがいるようだな」

直後、轟音と共に彼女の姿が消えた。

それが吹き飛ばされたから、ということを理解出来たのは、その光景をノエルの目が捉えたからではない。

いつどのようにして現れたのか、ノエルでも分からないほど、いつの間にかすぐそこに見知った人物が立っていたからだ。

そして。

「別に僕は彼女のことを馬鹿とも間抜けとも思わないけど……まあ、自分の身をもっと大事にしてほしいとは思うかな？」

そんな言葉と共に、そこにいるのが当たり前かのように、アレンは肩をすくめたのであった。

斬魔の刃

最初に向けられたのは驚愕で、それがすぐに憎悪に変わるのをアレンは感じ取っていた。

もっとも、すぐさま行動に移すつもりはないようで、視線で射殺せんとばかりに睨みつけてくる相手へと、アレンも視線を向けた。

「っ……貴様またしても我の邪魔を……！　いや……それよりも、貴様、何者だ……!?　神は、運命は、今この時我らの行いに介入できないはず……！」

「さあね……？　そもそも僕はそんな理由で彼女を助けたわけじゃないし。友達……いや、知り合いとして、かな？」

「……どうして格下げしたのよ？」

直前まで生きる気力のようなものが感じられなくなっていたノエルだが、アレンの言葉で少しだけ持ち直したのだろうか。

呆れたように向けられた視線に、肩をすくめて返した。

「そりゃ僕が一方的に友達だって思ってるだけだったら気まずくなっちゃうかもしれないからね。ここは知り合いってことにしておくのが無難かな、と」

「はぁ……そんなことよりも、気にすべきことがあるでしょうに」

「うん？」

ノエルの言葉に、アレンはその場を見渡した。

先ほど吹き飛ばした結果、遠く離れた場所に着地したヴァネッサと、少し離れた場所にいる見覚えのある悪魔の姿を順に眺めた後で、首を傾げる。

「別にないと思うけど？」

「っ……貴様……!?」

それは煽ったわけでも何でもない、純粋に思ったままのことであった。

純然《じゅんぜん》たる事実として、この場にアレンの脅威となるものは存在していないのだ。

ならば、気にする必要もないに決まっていた。

「……なるほど、貴様は随分と腕に自信があるようだ。そしてその実力は事実として大したものではあるのだろう。だが、世の中にはそれだけではどうしようも出来ないことが存在しているのだ。それを、我が――」

そう言いながらその悪魔が何かをしようとしていたのは分かった。

ノエルが僅かに反応したことから、おそらくノエルの持つ剣に何かしようとしたのだろうということも。

だが。

――剣の権能《ワールド・エンド》：斬魔の太刀。

瞬間、ノエルが握っているそれに向けて、剣を振るう。

直後、悪魔が再び驚愕の表情を浮かべた。

「っ、ば、馬鹿な……!?　貴様、何を……!?」

「何をって言われても……見たままだと思うけど？」

アレンが持っていた時には感じなかった、ほんの僅かな力の気配を断ち切ったというだけのことだ。

悪魔の態度の理由はそれなのだろうと思ったのだが、どうやら見事正解だったらしい。

多分ノエルのことを人質にでもしようとしたのだとは思うが……そんなことを易々許すと思われているなんて、随分甘く見られたものである。

そんなことを思い溜息を吐き出すと、悪魔から忌々しそうな目で見られた。

「貴様……何故それほどの力を持ちながら、それを守ろうとする……⁉　貴様は別に神の操り人形というわけではあるまい！　だというのに、何故……⁉」

「何故って言われてもなぁ……人を助けるのに理由なんて必要ないと思うけど？」

別にアレンは彼が悪魔だからという理由で否定するつもりはない。

だがそれはあくまで、誰にも迷惑をかけなければの話だ。

こうして誰かを襲い傷つけようとするのならば、たとえその相手がノエルでなくとも邪魔をするだろう。

ただそれだけのことであった。

「っ……愚者が……！　貴様は理解しておらぬのだ……！　神がこの世界でどれほどの愚行を行っているのかを……！　神の操り人形共がその先兵となり、無意識のうちにどれほどその愚行に手を貸しているのかということを……！」

「うーん……まあ確かに理解出来てはいないけど、だからって彼女をどうこうしようってのは、それこそ愚行なんじゃないかな？」

その話を事実と仮定したとしても、その場合悪いというかどうにかしなければならないのは神の方だろう。

無意識ということは、彼女達は知ってやっているわけではないのだろうし、そんな彼女達をどうこうしようというのは、それこそ間違っていると思うのだ。

「というか、僕としては手ごろな相手に八つ当たりしてるようにしか見えないんだけど？」

「っ……貴様……!? 神が……運命が……どれほどくだらぬかを知らぬからそんなことをほざけるのだ……！」

「神に、運命、か……」

それならば、きっとアレンもよく知ってはいる。

神というものが決して全てを肯定していいような存在ではないということも、運命というものが素晴らしいだけでなく時に過酷なものも存在しているということも。

よく知っていた。

だが、だからといってその全てを否定していいわけでもあるまい。

全てをそのせいにしていいわけはあるまい。

アレンの前世での行いは、多分見方次第では運命の通りのものだったようにも見えるのだろう。

事実として、アレンは神の使徒から幾度となく助言や助力をもらったし、そもそもの話、権能という埒外《らちがい》の力を与えられている。

しかしそれでもアレンはあれを、運命だと思ってはいない。

迎えた結末を、運命や神のせいにするつもりはなかった。

あれはあくまで、アレンが選んだ末での結末だ。

最善を尽くしていたつもりでも、きっとアレンは何かを間違えていて、だからあんな結末しか迎えられなかったのである。

そもそも全てを運命や神のせいにするというのは、自分の意思などなかったと言ってしまうのと同義だ。

全ての選択に、意思に、意味などないのだと言ってしまうのと、何も変わらない。

かつて英雄と呼ばれながらも無惨な最期を迎えることになったが……英雄と呼ばれた身だからこそ、そんなことを、認めるわけにはいかなかった。

「まあ、確かに時に理不尽なことは起こるし、それを何かのせいにしたいって気持ちになるのは分かるけどね。でも……それを誰かを傷つけていい理由にしてしまうのは、絶対に間違っている」

「っ……貴様に、何が……！」

「うん、きっと僕は、何も分かってはいないんだろうね」

分かると言うつもりはないし、言ってしまうのはきっとただの傲慢だ。

悪魔という存在が、生半可なもので成れるものではないということは、アレンも一応知ってはいる。

人を超える存在になるほどの恨みや憎しみというものがどれほどのものなのか、アレンには想像することすら出来ない。

分かるのは、想像を絶するようなことがあったのだろうということだけだ。

だがそれは、間違いを犯していい理由にはならないし……ならばこそ、止めなければならないとも思う。

それだけの深い想いを持っているというのに、誰かを傷つけるしかないというのは、きっと悲しいだけだから。

ゆえに。

膨れ上がった力とその源に向けて、剣を振り下ろした。


――剣の権能《ワールド・エンド》：一刀両断。


膨れ上がった力が消し飛ぶのと共に、縦に両断された男の目が、大きく見開かれる。

直後にその目に様々な感情が浮かんだのを感じながら、アレンはジッとその姿を眺めていた。

眺めながら、思う。

他に方法はなかったのだろうか。

なかったのだろうと、思う。

だからこそ、その姿を最期までしっかり目に焼き付けておくことにした。

自分の決断の最後までを。

決して後悔することはないように。

そうして地面に倒れ伏した男は、そのまま灰になって消えていった。

最初から何も存在していなかったかのように、風に流れ跡形もなくなっていく。

それを眺めた後で一つ息を吐き……ふと、視線を上げた。

自分に向けられる視線をそちらから感じたからだ。

「あれは……」

空の先、遠く離れた場所にいるのだろうその姿を認めたアレンは、思わず眉をひそめた。

気のせいでなければ、それは見知った人物であるように思えたのだ。

「……ソフィ？」

しかし、その呟きが聞こえたわけではあるまいが、ソフィと思しきその姿は直後にその場から消え去った。

何をしてくるわけでもなく、何をしていたのかも分からず……もしかすると、一連のことの観察でもしていたのだろうか。

そんなことをしていた意味は分からないが……まあ、考えたところで分かるものではあるまい。

それに今は、他にやることがある。

そう思い視線を下ろすと、そのまま離れた場所へと向けた。

一つは終わったものの……もう一つ、終わらせなければならないものがある。

そんなアレンの思考を肯定するかのように、視線の先で、ヴァネッサの身体が地面へと崩れ落ちた。

「大丈夫ですか……って聞くのも、おかしな話ですかね？」

彼が彼女に近付きながらそんな言葉を投げかけるのを、ノエルは半ば呆然としながら聞いていた。

正直に言ってしまえば、状況にあまり付いていけていないのだ。

死んだと思えば助けられ、それどころか悪魔はあっさり倒されてしまい……かと思えば、突然彼女が倒れたのである。

状況を整理するのが精いっぱいで、それすらしっかり出来ている自信はない。

だがそんなノエルのことなど知ったことではないとばかりに、事態はさらに先へと進んでいった。

「……そうだな。大丈夫もクソもあるかって話だ。何せ――そもそもあたしは、とうの昔に死んでるんだからな」

それがどういう意味かを、彼は尋ねなかった。

ただ、黙って溜息を吐き出し……それがきっと答えだったのだろう。

それを察したのか、ヴァネッサは苦笑するように唇を歪めた。

「その顔は、分かってるって顔だな。ま、でなきゃそんなことは言わんか」

冗談を言っているような雰囲気ではなく……そして、冗談ではないということを、ノエルは知っていた。

そう、知っていた――一目見たその時から、気付いていた。

どれだけ生きているように見えたところで、ヴァネッサは既に死んでいることに。

「……悪魔の仕業、ですか？」

「さてな。目が覚めた時悪魔が近くにいたのは確かだが、やつらがやったことなのかは分からんし、興味もない。まあ、一応分かってることもあるがな」

「それは……？」

「あたしはこのままだと、死ねないだろう、ってことだ」

「……死ねない？」

思わず、という感じで声が漏れた。

未だに状況には付いていけてはいないが、それでもヴァネッサがおかしなことを言っているのは分かった。

だって突然地面に倒れ込んだかと思えば、そのままピクリとも動かないのだ。

むしろ今すぐ死んでしまったところで不思議ではなく……それなのに死ねないとは、どういうことなのか。

と、そんな疑問が通じたわけでもあるまいが、ヴァネッサがどことなく億劫そうに顔を動かすとジッとノエルのことを見つめてきた。

「……なんだ、理解してないのか？　ふんっ、お前は本当に相変わらずだな。……どうやら、そっちは理解してるみたいだが」

「ええ。まあ、今の話を聞いて、ですが」

「今の話……？」

ほんの少し話しただけだろうに、どこで分かったというのか。

そう思い眉をひそめるノエルに、ヴァネッサは呆れたように鼻を鳴らした。

「死んだはずなのに、あたしは何故か動き出した」

「ならば、ここで動かなくなったところで、また何故か動き出すかもしれない、ってことですよね？」

「そういうことだ。まあ、正確には、かもしれない、じゃあないがな。確実にそうなるだろう。そんな確信がある」

「……理由も分からないのに？」

「んなもん必要はない。剣を打つ時と同じだ。考えるまでもなく、そうだと分かる。これもそうだってだけのことだ」

そんなことを言われても、ノエルに剣を打ったことなどない。

ないのに……何故か、すんなりと理解出来た。

「そう……そういうことなら、そういうものってことなんでしょうね」

「うーん、二人だけで納得しないでほしいんだけど……まあ、二人がそう言うんなら、それが正しいってことなんだろうけど」

先ほどまではアレンの方が全てを知っている、みたいな顔をしていたというのに、今度は困惑するような表情を浮かべているのが、何となく面白かった。

しかしそんなことを思っている間にもやはり状況は進んでいく。

アレンは気を取り直すようにヴァネッサに視線を向けると、それで？　と話を促した。

「そこまで話すということは、何か考えがあるんだと思いますが……」

「ふんっ……よく分かってるじゃないか。まあ、とはいえ、そう難しい話じゃない。——あたしを殺してほしいっていう、それだけのことだ」

「……っ」

思わず、息を呑んだ。

何となく、そんな流れになるんじゃないかと思ってはいた。

だが実際にヴァネッサの口から聞かされると、さすがに冷静に聞き流すことは出来ない。

もっとも、だからといってノエルに何か出来ることがあるかと言えば、それはまた別の話なのだが。

「ま、正確にはあたしは既に死んでるはずの身なんだから、殺すって言い方もちと違うんだろうがな」

「こうして話が出来ているということを考えれば、同じだと思いますが……それよりも、結局それは変わらないのでは？　その後でまた何故か動き出すだけのような……」

「何も手を講じなければ、な。ふんっ、何のためにあたしがこれを作ったと思ってる？　アイツは自分の思惑の通りだと思ってたみたいだが、実際のところあたしはそれを利用しただけで、本命はこっちだ」

そう言ってヴァネッサが示したのは、今も彼女が手にしたままの剣であった。

禍々しさすら感じるそれに、しかしアレンは何か感じるものがあったらしい。

目を細め剣を眺めると、なるほどと頷いた。

「……なるほど。そういうことですか」

「ああ。マンドラゴラには色々な使い道があるが、その本質は死そのものだ。叫びを聞いたら死ぬってのも、結局はそういうことだからな。で、こいつにはその成分を抽出して凝縮したものを叩きこんである」

「そんなもので突き刺されたら、確かにたまったものじゃないわね」

それならば間違いなく自分も死に至るだろうと、先ほどのことを思い起こして思う。

そして、今のヴァネッサに対しても、きっと効果があるに違いない。

「何故動けるようになったのかは知らんが、死で満たされちまえば、もうそんなことも起こるまいよ」

「……そうですね。それを使えば、きっと二度とこんなことは起こらないでしょう」

そうは言いつつも、アレンは気乗りしていない様子であった。

まあ、当然ではある。

言い方をどうしようと、ヴァネッサがどう思っていようと……既に、死んでいるのだとしても。

先ほどアレンも言った通りだ。

それは結局のところ、ヴァネッサを殺すことに他ならない。

気など乗らないに決まっていた。

とはいえ、やらねばならないことだということも理解は出来る。

ならば――

「……私がやるわ」

「え……？」

「はっ……何言ってやがる？　誰がお前に任せると言った？」

「確かに言われてはいないけれど、関係ないわ。私が、やる」

アレンは助けてくれただけで、言ってしまえば巻き込まれただけだ。

それはノエルも同じではあるが……助けられておきながら、その恩も返さずに、さらに責任を押し付けるというのは違うだろう。

そう思い、ヴァネッサに近付こうとし……だがそれは、他でもないアレンに止められた。

「いや、僕がやるよ。確かに気乗りはしないけど、でも、君に任せちゃったら、きっと後悔すると思うから」

「……悪いな」

「――え？」

言い返すつもりだったのに、ヴァネッサの放った言葉に、思わず間抜けな声が漏れた。

今のは、聞き間違えじゃなければ、ヴァネッサが謝ったように聞こえたのだが……？

「……ヴァネッサが、謝った……？」

「お前はあたしのことを何だと思ってるんだ？　悪いと思ってりゃ、そりゃ謝るさ。ただでさえ、色々と面倒なことに巻き込んだってのに」

「いえ……半分ぐらいは、自分から首を突っ込んだことですし」

「それでも、だ。ま、決めてくれたんなら、とっととやってくれ。そこの馬鹿が変な気を起こす前にな」

「はい」

「あっ……！」

言うや否や、アレンはヴァネッサから剣を受け取ると、それを構えた。

そして本当に、ノエルが何かをする暇もなかった。

一瞬の間も開けずにアレンが剣を突き出すと、そのままヴァネッサの胸を貫いたのだ。

「ああ……本当に、すまんな。それと……ありがとう」

「……いえ」

「……っ」

一瞬ノエルは何かを言いかけ、だが言葉になることはなかった。

というか、何を言いたかったのかノエル自身も理解していなかった。

そもそもの話、確かにヴァネッサは恩人ではあるものの、正直それほど交流した記憶はない。

同じ家に住んでいたとは言っても一年にも満たない時間で、しかもヴァネッサはほとんどの時間鍛冶をし続けていたのだ。

交わした言葉も多くはなく、死を迎える場面を目にしたところで、そこまで心を乱す理由はないはずであった。

そう思うのに……どうしてだろうか。

少しずつ身体が崩れていくその姿から、目を離すことが出来なかった。

「やれやれ、これで今度こそ本当にのんびり出来そうだな。あの世とやらでも鍛冶が出来りゃあいいんだが……っと、そうだ」

そんな呟きを漏らしていたヴァネッサが、不意にノエルの方へと視線を向けてきた。

反射的にビクリと身体が動くが、ヴァネッサはノエルがどんな反応をするかなんて関係ないとばかりに口を開いた。

「そういや、その剣だがな……」

「……あっ」

そういえばと、ずっとノエルが持っていたままだったのを思い出した。

これを誰が何の目的で取ってこさせたにせよ、本来はヴァネッサがあそこに埋めておいたものなのだ。

返すか、元の場所に戻すのが筋というものだろう。

「えっと、これ返したらいいのかしら？　それとも、あそこに戻しておいた方が……？」

「あん？　何阿呆なこと言ってやがんだ？」

「え、だって……」

「――お前にやる」

「……え？」

何を言われたのか、一瞬理解出来なかった。

いや、一瞬どころか、しっかり考えたところでやはり意味は理解出来ない。

理由がないからだ。

これが彼女の最高傑作であることは、間違いないことである。

そんなものを、何故自分に渡すというのだろうか。

というか、考えてみれば、ノエルはヴァネッサから何かをもらった記憶というものがない。

だというのに、何故これを――

「……ま、約束だったからな。認めていいかは微妙なところで、ギリギリ及第点ってとこだが」

そう言いながらヴァネッサは、何故かアレンのことを見つめた。

いや……正確には、アレンの持つ剣、だろうか。

ヴァネッサの胸に突き刺さったままのものではなく、アレンが最初から持っていた剣だ。

その意味するところを、ノエルは理解出来なかった。

そもそも、約束の意味すら分からないのだ。

ヴァネッサと約束を交わした記憶はなく、最高傑作のはずの剣を譲られる理由もやはり分からない。

……分からない、はずなのに――

『……ねえ、剣が欲しい』

『……剣？　なんだ、冒険者にでもなることにしたのか？』

『違うわよ。ただ……見てたら、ちょっと欲しくなっただけ』

『……そうか。なら、好きにすりゃいい。まあ、あたしの剣はやらんがな』

『ちょっと……！　何でよ……!?』

『ふんっ……当然だろう。お前には荷が勝ちすぎる』

『……どうしろってのよ』

『そうだな……ま、お前が一人前になったら、だな。その時は、餞別《せんべつ》としてあたしの最高傑作をくれてやるよ』

そんな会話を、いつか交わしたような気がする。

本当に交わしたのかは、正直自信がない。

あれから色々なことがあったのだ。

全てを記憶しておくことは困難で、だが、それでもただの妄想だと考えるには、妙に現実味があった。

霞に覆われた記憶を探るように、答えを求めるように、手元の剣を握りしめる。

そんなノエルのことを眺めたヴァネッサは、仕方なさそうに口元へと苦笑を浮かべ……そして。

「じゃあな、馬鹿娘。お前と過ごしてた生活は――ま、割と悪くなかったぞ」

そんな言葉を残し、跡形もなく崩れ去った。

直後に風が吹き、その痕跡すらも流れていく。

後に残されたのは、死に塗れた剣が一振りだけで、ヴァネッサという人物などまるで初めから存在していないかのようであった。

しかしそうではないことを伝えるかのように、手の中の剣が確かな存在感を示している。

ノエルは、何を考えればいいのか……何をどう感じればいいのか分からないまま、それでも、心に浮かんだ言葉をポツリと呟く。

「……何よそれ。そういうことは、もっと早く言いなさいよ」

そうすれば、もっと他に出来ることがあったかもしれないのに。

だがそう思うのと同時に、とてもらしいなとも感じた。

ああ、本当に……彼女らしい。

そう思ったら、何故か笑いがこみあげてきた。

おかしくなって口元に笑みが浮かび、あははと声が漏れる。

そして、きっと、だからだろう。

あまりにも最期まで彼女らしかったことが、面白過ぎたのだ。

視界が歪み始めたのも、声が詰まり始めたのも、それが理由に違いない。

だから、こみ上げる笑いを抑えるために、ノエルは地面に崩れ落ちると、そのまま地面に突っ伏した。

それでも、声は抑えきれずに……ああ、これじゃあまるで嗚咽《おえつ》を漏らしているようだなと、そんなことを考えながら、ただ身体を震わせてるのであった。

真実

「くぁ……」

外の陽気につられるように、アレンは欠伸《あくび》を漏らした。

窓から差し込む光は柔らかく、目を細めて眺める。

とても平和な時間が流れていた。

まあ、ついこの間まで色々と忙しかったのだ。

たまにはこんな時間も悪くないだろう。

そんなことを考えながら、思わず溜息を吐き出した。

今しがた考えたばかりの、ついこの間のことを思い出したのだ。

あれから——悪魔とヴァネッサのことがあったあの日から、既に三日が経っていた。

その間にやったことは多い。

まずやったのは、冒険者ギルドへの報告だ。

依頼が果たせたのかは何とも言えないところではあるものの、報告しないわけにもいくまい。

最低でも依頼主の死だけは伝えておこうと思い、だがギルドに行ってみれば予想外の結果となった。

依頼達成の報告があったと言われ、そのまま報酬を受け取ることになったのである。

アレンがヴァネッサのことを聞いた後でヴァネッサが訪れ、そう伝えていったらしい。

自分の未来を予感し、後始末に困らないようにしてくれたようだ。

後始末と言えば、ヴァネッサの使っていた鍛冶場はアレンが受け取ることになった。

何でも依頼の報酬として後乗せされたらしい。

押し付けられただけな気もするが……まあ、あって困るものでもあるまい。

具体的にどうするのかは、後で考えればいいだろう。

中にはヴァネッサの残した武具もあったが、その扱いも同様だ。

ああ、ヴァネッサの残した武具と言えば、ヴァネッサが自身に死を与えるために作ったというあの剣の始末だけは、ちゃんとしておいた。

とはいえ、正直どうしたものか迷ったが。

放っておくには危険すぎるし、壊してしまうのも気が引けた。

ノエル達とも散々話し合い、出た結論は、ヴァネッサの最高傑作が埋まっていたあそこに埋めておくというものであった。

別にアレの代わりというわけではないが、あそこなら人が訪れるようなこともそうそうあるまい。

しっかり封印も施しておいたので、万が一掘り起こされてしまうようなことがあったとしても、大事には至らないだろう。

あと、そのついでに、エルフの森にも訪れた。

折角帝国に行ったのだから、寄らない理由はあるまい。

ただ、すぐに帰ってくることは出来ず、結局ようやく帰還できたのは昨日だ。

そして。

「あら……欠伸を漏らすなんて、気が抜けているじゃないかしら？」

「……今は暇で平和だから、問題ない？」

「冒険者が暇で平和を持て余してるとか問題あると思うですが……まあ、今ぐらいはいいですかね。

懐も結構温まったみてぇですし」

「うーん……何でいるんだろうなぁ……」

そんな三人の会話を聞きながら、アレンは再び溜息を吐き出す。

そう、三人――ノエルとミレーヌとアンリエットは、何故か未だに辺境の街のあの屋敷にいた。

折角エルフの森に寄ったというのに、何故かノエルはここに戻ってきたのだ。

ノエル曰くこっちでやってみたいことが出来た、ということだったが……問題はそれがパーシヴァルに認められてしまったことである。

まあ、あと百年ぐらいならば構いませんが、とか言っていたが――

「……エルフの時間感覚のこと、すっかり忘れてたなぁ」

そういえば彼らは、そういう種族であった。

だが思い出したところで既に遅く、そしてアレンがこの屋敷を借りるのはあくまでノエル達が出ていった後のことであり、出ていかないのであればここは引き続きノエル達のものなのだ。

アレンが文句を言える筋合いはなく、そしてノエル達が出ていかないのであればアンリエットも出ていく理由がない。

その結果、こういうことになってしまった、というわけであった。

もっとも、それが気に入らないのならばアレンが出ていけばいいだけのことなのだが……別に嫌なわけではないのが、別の意味で困っているといったところか。

「ノエルがこっちにいるってことは、間違いなくまた何かの厄介事が起こるし、ここにいたら僕も巻き込まれるだろうって分かってるのになぁ……まあ、それを受け入れちゃってる理由も、分かってはいるんだけど」

「ちょっと、さっきから何ぶつぶつ言ってるのよ――アレン」

――そう、結局のところは、それが理由だ。

ノエルはずっと、アレンのことを名前で呼ぶことはなかった。

それが意識的なのか無意識的なのかは分からないが、それでもそれはきっとそこまでの信頼を得られていなかったということである。

だが今は、そうでない。

ならば、多少厄介事に巻き込まれても構わないかと、そう思ってしまっているというわけであった。

「……いや、ただの独り言だよ。外はあんなに陽気なのに、暇を持て余してるのもどうかと思ってさ。とはいえ、今から依頼を受けに行くっていうのも気分じゃないし」

「随分贅沢な悩みですねえ……まあ、言いたいことは分かるですが。でもそういうことなら、外に出やがるです？　多分今なら、普段は見れねえようなことを見れると思うですよ？」

「……普段は見れないようなこと？　……何かやってる？」

「別にお祭りをやってるとか、そういうわけじゃないわよね？　そんな雰囲気はないし、聞いてもいないし」

「ある意味祭りってのも、間違いじゃねえですがね」

「どういうこと？」

「ワタシも詳しく知ってるわけじゃねえですが――何でも今日は、新教皇がこの街にやってくるらしいです」

「……新教皇？」

それがなんであるのか分からない、というわけではない。

教皇と言えばあの教皇だろうし、こっちでも何かやらかしたようだということは、耳に挟んだ情報だけでも何となく予想が出来る。

となれば、あっちでもそうであったように、こっちでも新しい教皇が選出されるというのは、不思議なことではあるまい。

まあもっとも、アレンはあっちで新しい教皇に会ったことはない――いや？

何か違和感がある……そういえば以前にも、似たような会話を誰かとしたような――

『――今度新しい教皇様が、王都を訪れるらしいんです。それで、わたしも顔を出すように言われていまして』

「……っ⁉」

瞬間、何かの映像が頭を過ぎったような、そんな気がした。

だがそれは覚えのないもので――

「アレン……？　どうかしやがったです？」

「――あ。……いや、ちょっと疑問に思ってさ。新教皇が、こんなところに来るの？」

誤魔化すようにそう口にするが、それは実際に疑問に思ったことでもある。

街と呼ばれてはいるものの、公的に認められた街ではないのだ。

新しく教皇の座についた者が顔見せにくるにしても、相応しい場所とはさすがに言えまい。

「まあ確かにちょっと変ではあるですが、前の教皇がやらかしたことがことですからね。自分は違うっていうアピールのためなんじゃねえですか？」

「随分俗な教皇様ねえ……まあ私には正直どうでもいいことだけれど」

「……確かに、エルフにはあまり関係はない？　でもちょっと、興味はある」

「まあ私も全然興味がないとは言わないけれど……」

そんな会話を聞いているうちに、先ほど感じたものは消え失せていた。

何だったのだろうかと疑問に思うものの、どれだけ考えたところで再び頭に浮かび上がってくる様子はない。

……新教皇の姿を見れば、何か分かるのだろうか。

「そういうことなら、行ってみる？」

幸いにも、ノエル達も多少の興味はあるようだ。

ならば、ちょうどいい暇つぶしにもなるだろうし、行ってみるのも悪くないだろう。

「……そうね。行ってみましょうか」

「……賛成」

「ま、何か面白いことがあるかもしれねえですしね」

「何か起こるとしたら、面白いことっていうより厄介事だと思うけどね」

実際新教皇がこんな街に来たとなれば、何が起こってもおかしくはない。

出来れば何もないでほしいものだが……さて、どうなるものか。

そんなことを思いながらも、一先ず新教皇を見に行くため、アレン達は屋敷を後にするのであった。

†

新教皇がどこにいるのかに関しては、探す必要がなかった。

人の流れを辿っていけば、自然と辿り着いたからだ。

どうやら何かを喋っているらしいが、さすがに距離があるためいまいち聞こえなかった。

「んー……どうする？　もっと近寄ってみる？」

「別にここら辺でいいんじゃないかしら？　別に話とか興味ないし」

「……同じく」

「ワタシも……いや、ちと近付いてみてもいいですかね？　何か気になるです。どこかで見たことがあるような……いえ、会ったことが……？」

「教皇になる前に、ってこと？」

帝国にいた頃に会ったことでもあるのだろうか。

そんなことを思いながらアレンもジッと新教皇のことを見つめ……眉をひそめた。

何故だろうか。

アレンもどこかで見た……いや、会ったことがあるように感じたのだ。

知らない顔である。

知らない顔の、はずだ。

だが、その気配はどこかで――

「――あら」

と、その時、ノエルがふと呟きを漏らした。

それは予想外のものを目にした時の声であるように聞こえ……しかし、ノエルが見ていたのは新教皇ではないようだ。

ノエルが見ている視線の先を辿り――アレンは、目を見開いた。

「あの娘、あんなところで何をしているのかしら？」

続けて呟いたノエルの言葉は、アレンの耳に届いてはいなかった。

それどころではなかったからだ。

そこにいたのは、見知った顔であった。

おそらくアレンにとって最も親しい人物の一人であり、結局こっちで探すか結論が出ないままであった彼女。

――リーズが、新教皇の隣に立っていたのである。

「……聖女？　新教皇の手伝い？」

「……そういえば、教会の手伝いをするとか言ってたような気がするけれど、新教皇の付き人でもするようになったのかしら？」

ノエルのその言葉が聞こえたわけでもあるまいが、ちょうどそのタイミングでリーズが新教皇から話を振られたようであった。

反射的に耳を澄ませ、リーズの喋る言葉に耳を傾ける。

彼女が口にした言葉は、多くはなかった。

だがそれで、十分でもあった。

自分は今、聖女として新教皇に仕えていること。

それはこの世界のためでもあり、この世界は正しい道を歩めてはいないこと。

それを正すのが自分の役目であり――

「――そのためならば、わたしは何でもする覚悟があります」

目が合ったと、思った。

そしてそれはおそらく、気のせいではない。

リーズはアレンのことを認識した上で、真っ直ぐに見つめてきたのだ。

それがどういう意味なのかを考え、だが結論を出すよりも先に、隣からの呟きを耳が拾った。

「……そういうことですか」

反射的にアンリエットへと視線を向けたのは、多分半ば無意識に感じ取ったものがあったのだろう。

そしてその直後、アレンは自分の直感が正しかったことを確信した。

アレンのことを見つめ返してきたアンリエットの目が、とてもよく見知ったものだったからだ。

ゆえに、アレンは気付いた。

――このアンリエットは、『アンリエット』だ、ということに。

そして。

「――結論だけを告げるです」

アンリエットは、ただジッとアレンのことを見つめながら。

「ここは並行世界なんかじゃねえです。アンリエット――ワタシとオメエがよく知る世界で、間違いねえです」

そんな言葉を口にしたのであった。

出来損ないと呼ばれた
元英雄は、
実家から
追放されたので
好き勝手に
生きる
ことにした

大したことのない日常

「くぁ……っ」

不意に襲ってきた眠気に、思わず欠伸が漏れた。

窓の外へと視線を向け、差し込んでくる光に目を細める。

「さすがに眠いわね……くぁっ」

一睡もしないまま朝を迎え、どころかそろそろ昼と呼んでも差し支えない時刻を迎えつつあるのだ。

眠いのは当たり前であり……だが、それを理解しながら、何となく眠る気がしなかった。

別に眠れないわけではないのだが、眠る気が起こらないのだ。

とはいえ、そこに明確な理由があるわけではなく……やはり、何となくと言うしかなかった。

「……ま、今は寝るよりも先にやりたいことがある、といったところかしらね」

厳密に言えば少し違う気もするが、そう離れてもいまい。

と、先ほどまで自分がいた場所のことを思い返しながら、そんなことを考えていたせいだろうか。

目の前の扉を開けた瞬間、視界に広がった光景を前に数度の瞬きを繰り返した。

「ん？　ノエルじゃねえですか。んなとこに突っ立ってどうしやがったんです？」

「……おはよう？」

「おはようって言うにはちと遅い時間ですがね。つーか、むしろおかえりの方が正しいんじゃねえですか？」

「……そんな気もする？」

そんな会話を交わすアンリエットとミレーヌのことを見つめながら、さらに数度の瞬きを繰り返す。

それから、気を取り直すように息を一つ吐き出した。

「……珍しい組み合わせね」

「うん？　そうですか？　……まあ、そうかもしれねえですが、同じ家に住んでんですし、別に不思議でもねえでしょうよ」

「……同感」

「まあ、それはそうなのだけれど……」

それでも何となく納得できず、眉をひそめる。

確かに一緒に住んではいるものの、アンリエットとの付き合いはそれほど長くない。

そもそも一緒に住むことになったのも、半分以上は成り行きのようなものだ。

そしてミレーヌはこう見えて……いや、ある意味見た目通りだろうか、人見知りの気があるというか、積極的に人と関わる方ではない。

いくらここが家のリビングとはいえ、アンリエットと二人でソファに座ってくつろいでいるというのは、どことなく腑に落ちなかった。

「つーか、オメエには言われたくねえですがね」

「私？　……何がよ？」

本気で心当たりがなく、首を傾げる。

だがあろうことか、ミレーヌもその言葉に頷いた。

「……確かに？」

「ミレーヌまで……？」

「あー、これ本気で言ってやがるですね。まあ、仕方ねえのかもしれねえですが」

「だから、何がよ」

「何がも何も、こんな時間まで一体どこに行ってやがったのか、って話ですよ」

「……なるほどね。そのこと、か」

確かに、言われてみればその通りではあった。

だが、言われるまで気づかないとは、思ったよりも眠気が来ているのかもしれない。

「……別にいいじゃない。今の持ち主に許可は取ってるんだし」

「別に悪いとは言ってねえですよ？　ただ、人のことをどうこう言う前に自分の行動を省みたらどうかってだけです」

「……異論はない」

「……普通のことをやってると言うつもりはないけれど、かといってそこまで言われることをやってるつもりもないのだけれど？」

実際ノエルがやっていたことと言えば、大したことではない。

……いや、大したことどころか、何もやっていないというのが正確か。

元ヴァネッサの鍛冶場で、何をするでもなく、ボーっとその場を眺めていたのだ。

そして気が付いたらこんな時間になっていたという、本当にそれだけであった。

その行為に意味はなく、ただ何となくそうしたいと思ったからやっていただけだ。

「というか、それを言ったらそれこそ貴女には言われたくないのだけれど？」

「うん？　アンリエットがです？　別にアンリエットは何も変なことなんてやってねえですが？」

確かに、変なことをやったわけではない。

だが。

「変なのは、貴女自身よ」

「……今なんかすげえ失礼なことを言われた気がするんですが？」

「気のせいでしょう？　きっとミレーヌに聞いても同じことを言うと思うわよ？」

「……確かに？　否定はしない」

「ひでぇ同居人共ですねえ。どこからどう見てもただの普通の美少女じゃねえですか」

「どの口が言っているのかしらね」

そんな軽口を叩きながら、肩をすくめる。

しかし言っていること自体は本気であった。

明らかにアンリエットは変だ。

より正確には、ここ数日の間で変になった、と言うべきか。

そう……新教皇とやらを見に行ったあの日を境に、明らかにアンリエットの様子は変わっている。

それこそ、変だと表現するぐらいには。

とはいえ、別にあの日は特別な何かがあったというわけではないのだが……。

「一言二言ぐらいは喋っていたようだけれど……まさかそれで感銘を受けて、とかじゃないでしょうし」

「何か言いやがったです？」

「何でもないわよ。ただの独り言」

まあ、具体的に何が変わったかと言えば、自分達への態度や雰囲気といったものなので、別にそれが悪いというわけではない。

ただ、その変化があまりに唐突過ぎたために、変としか言いようがないのだ。

とはいえ、それでも自分達に関してはまだマシな方か。

アレンに対しての変化はさらに上で、いっそ不可解なほどであった。

表面的にはそれほどの違いは感じられないのだが、一緒に暮らしていればそうではないということぐらい簡単に分かる。

あるいは、何かがあったというのならばそれも分かるのだが、特にそんな様子もない。

あの日二人で何かを話していたようだが……さすがにその程度ではここまで変わらないだろう。

「……というか、考えてみたら、直接聞いてみればいいだけなのよね」

「うん？　何がです？」

「アレンと何かあったのか、ってことよ」

「……確かに、気になる」

ミレーヌも同じようなことを考えていたのか、続けて頷く。

実際のところ、本当はどうなのか知りたいところではあった。

そんな様子はなかったとはいえ、ノエル達の知らないところで、ということは十分有り得る。

ノエル達への態度や雰囲気が変わったのもその影響だと考えれば、ないでもない話だ。

まあ、何となくそうではないだろうと思ってはいるものの、ここははっきりさせておく必要があるだろう。

そんなことを考えながら、アンリエットのことをミレーヌと二人でジッと見つめていると、まるで何かを観念するかのように、アンリエットは苦笑を浮かべた。

「あー……まあ、別に隠してわけじゃねえんですが、そんなに分かりやすかったですかね？」

「え……まさか、本当に？」

「……何かあった？」

「まあ、少なくとも、何もなかったとは言えねえですねえ。とはいえ、どうせそのうちオメエらにも分かることだと思うですよ？」

そう言われた瞬間、いくつかのことが頭に浮かんだ。

まさか、とは思うものの、嘘を言っているようには見えない。

となると……。

「本当に……？」

「……そのうち分かる？　……子供？」

さすがにそれは飛躍しすぎではないかと思ったものの、ノエルの頭にもよぎったのは確かだ。

そしてアンリエットがそれを否定する様子はない。

が、そうして結論を出そうとしたのと、アンリエットが笑いを堪えられなくなったとばかりに肩を震わせ出したのは、同時であった。

「ぷっ……くくくっ……」

「……ちょっと？」

「……騙した？」

「人聞き悪いですね……アンリエットは別に嘘は言ってねえですよ？　オメエらが勝手に勘違いしたってのに、人のせいにされちゃ困るです」

それはそうかもしれないが、明らかに勘違いしそうな言い方をしていながら、よく言ったものである。

睨みつけるように見つめるも、アンリエットは飄々《ひょうひょう》とした様子で肩をすくめるだけだ。

「つーか、仮に本当にそうだったとしても、オメエらには関係ねえことだと思うですが？」

「……そんなことない」

「ええ……一緒の家に住んでいるのだもの。関係ないわけないでしょう？」

一緒に住んでいる四人のうち二人が本当にそんな関係になっているのだとしたら、無関係なわけがあるまい。

気になるのは当然のことだ。

「ふーん……そうですか。なら、そういうことにしておいてやるですかね」

そういうこともなにもそれ以外あるまい。

だが、言っても聞かなさそうな様子に、諦めて溜息を吐き出した。

しかし冗談はともかくとして、やはり変わったのは確かだと確信する。

少し前のアンリエットとならば、こんなやり取りをすることはなかったはずだ。

本当に、何があったというのだろうか。

と、そんなことを考えている時のことであった。

不意に扉が開くと、見知った顔が姿を見せたのだ。

「あれ……？　みんな揃って、どうかしたの？」

言うまでもなく、アレンである。

不思議そうに首を傾げる姿は、変化とは無縁のようで……思わず、溜息が漏れた。

何となく、馬鹿馬鹿しくなったのだ。

「別に。ただ何となくここに来たら偶然二人もいたってだけよ。まあ、二人がどうなのかは知らないけれど」

「……わたしも同じ。ここでくつろいでたら、アンリエットが来た」

「そういう意味では、アンリエットも同じですかね。何となくここに来たらミレーヌがいて、そのまま一緒にくつろいでたってだけですし」

「へえ……」

その顔は、珍しい、とでも言いたげなものであったが、ノエルは敢えて何も言わなかった。

少し考えてみて、確かに三人でこうしているのは珍しいかもしれないと思ったからだ。

それでも普通に会話が出来ていたのは……アンリエットが変わったからなのかもしれないと、何となく思った。

おそらく、以前までのアンリエットとならば、あんな会話をすることはなかっただろう。

壁があった、とまで言うつもりはないが、心を許していたかといえば、そこまではいくまい。

まあ、短い付き合いながら大分濃い時間を過ごしているとは思うが、さすがにそんなすぐにとならないのは当然だ。

実際ノエルの側もそうであり……だからそれは、当たり前のことでしかない。

だが、当たり前だとしても、好き好んでというわけではないのだ。

そう考えれば……それはきっと、良いことなのだろう。

「ま、一緒に暮らしてりゃそんなこともあるってもんです」

「まあ、確かにそうかもね。ちなみに、三人でどんなこと話してたの？」

それは多分、何気なく聞いたことだったのだろう。

アレンの顔を見る限り、先ほどの話を聞いていた、ということはなさそうだ。

ただ、もしかしたら、少しだけ話し声が漏れていたのかもしれない。

それが気になってアレンがここに来たのだとすれば、納得がいく。

しかしそこまで考えたところで、ノエルは言葉に詰まった。

別に先ほど話していたのは大したことではない。

アンリエットが紛らわしいことを言って、ノエル達が釣られたというだけのことである。

話して困るようなことではない。

ない、のだが……何となくアレンに話すのは躊躇われた。

と、ノエルがどうしたものかと考えていると、アンリエットが先に口を開いた
「別に大したことじゃねえですよ。まあ、オメエには教えねえですが」

「えぇ……大したことじゃないのに？」

「それはそれ、これはこれ、ってやつです。アンリエット達は、じょしとーく、ってやつをしてたんですよ？　オメエに教えるわけねえじゃねえですか。ま、どうしても知りたきゃ女になるんですね」

「……アレンなら出来そう？」

「いや、さすがに出来ないからね？　というか、ミレーヌの中で僕はどういう扱いになってるの？」

「まあ、アレンですからねえ……気持ちは分かるです」

「……アレンだから」

「アンリエットまで……」

そう言って何とも言えない顔をするアレンに、アンリエット達は笑みを浮かべた。

ノエルはそんな三人の様子を眺め……何となく、目を細める。

それは、何ということのないやり取りだ。

明日になったらこんなことがあったということを忘れてしまってもおかしくないようなほどの、他愛のないこと。

大したことではないことだ。

しかしそんな中、アンリエットが不意に視線を向けてきた。

それはまるで、先ほどのことは秘密だとでも言うかのようなものであった。

とはいえ、別に先ほどのは隠しておくようなことではない。

本当に、大したことではないのだ。

だがそんなことは、アンリエットも分かっているはずだ。

分かった上でのことなのだろう。

これもまた明日になれば忘れていてもおかしくないことであった。

しかし……大したことがないからと言って、それはどうでもいいということを意味するわけではない。

少なくともノエルは、悪い気はしなかった。

いや……正直に言ってしまえば、少しだけ楽しかった。

先ほどのやり取りも、それを秘密にすることも。

そしてそれは、ミレーヌと二人だけの暮らしでは、決して起こり得ないことでもあった。

なし崩し的に始まった四人での暮らしではあるし、アンリエットがどうしてこうなったのかも気にはなる。

だが、それはそれとして……こうして大したことのないことが、少しだけ楽しいと思えることが、日常の一部として起こるのならば。

自分の判断はやっぱり間違っていなかったのだろうと、ふとそんなことを思い、ノエルはほんの少しだけその口元を緩めるのであった。

あとがき

こんにちは、紅月シンです。

前巻の刊行から大分時間が経ってしまいましたが、それでも本書を手に取っていただきまことにありがとうございました。

そしてそんな本作ですが、この度なんとアニメ化することとなりました！

これも全て皆様が応援してくださるおかげです。

本当にありがとうございました。

さらには、ジュニア文庫としても出版していただけることとなり、コミックの8巻と合わせて同日発売となっております。

よろしければこちらも是非手に取って頂けますとありがたいです。

特にコミックの方は、相変わらず烏間ル先生にとてもいい感じにコミカライズ化していただけておりますので、まだ読んだことがないという方も、是非手に取っていただけましたら幸いです。

また、今作の終わり方をご覧いただけましたらお分かりになるかと思いますが、既に次巻が出ることも決まっております。

まだ具体的な日程は決まっておりませんが、精一杯書いておりますので、引き続き応援していただけましたら幸いです。

そして今回もまた様々な方のお世話になりました。

編集のF様、今回もまた色々とお世話になりました。

いつもありがとうございます。

イラストレーターのちょこ庵様、いつも通りの素敵なイラストありがとうございました。

久しぶりにもかかわらず、というか、時間が経ったことによりさらに素晴らしいイラストになっているように思えます。

正直なところ、６巻が出せるとなり一番嬉しかったのは、ちょこ庵様に再びイラストを描いていただけたことだと言っても過言ではないほどです。

ともあれ今回も本当にありがとうございました。

校正や営業、デザイナーなど、本作の出版に関わってくださった全ての皆様、今回もお世話になりました。

いつも本当にありがとうございます。

そして何よりも、いつも応援してくださっている皆様と、この本を手に取り、お買い上げくださった皆様に。

心の底から感謝いたします。

それでは、またお会い出来る事を祈りつつ、失礼いたします。

出来損ないと呼ばれた
元英雄は、
実家から追放されたので
好き勝手に生きることにした
@COMIC
原作／紅月シン
漫画／烏間ル
キャラクター原案／ちょこ庵
第33話
試し読み
コミックス第①～⑧巻
大絶賛発売中!
CORONA EX
TObooks
にて WEB連載中!

第33話

いやぁ 驚いてもらえてよかった
理《パラレル》を使った甲斐があるよ
そんな理由で？
こんなところまで？
まぁ それは冗談
…

実際警備は厳重だったし
さすが帝城
でアレン
いったい何しに来やがったんです？
そりゃアンリエットに会うため
だけど？
皇帝暗殺の主犯として黒狼騎士団に捕まったんでしょ？
気になって会いに来るのは当然じゃないか
だからって
会いに来れるのはオメエくらいですよ
はー…
…って
今なんて？

アレンはどうして
アンリエットが「黒狼騎士団に捕まったこと」を
知ってるんです？
それにしても立派な作りだな・・
黒狼騎士団はアンリエットが捕まったあの街全体に
『契約《コネクト》』のギフトを使っていた
あれが施されたということは見ていたとしても外部に伝えることが不可能になったということ
？
だから
誰にも知られるはずなんて…

いや アレンなら
知りかねねえですね
そういう偶然を
持ち合わせて
いるのがアレン
考えるだけ
無駄ってヤツ
でした
でも
アレンなら
この一件が
冤罪だと
知り得るはず
なぜ…
わざわざ
会いに？

気になったからって帝城に忍び込んでまで来る必要はねえですよね？
どうせ暫くすれば普通に会えるんですから
…ん？
普通に会える？
？
別に疑問に思うことじゃねえと思うのですが？
いやいや皇帝暗殺の主犯として捕まったんでしょ？
なら重い罰を受けるんじゃないの？

それこそ最悪
死刑とか
ありうるわけねぇじゃ
ねえですか!
ばっ
死刑?
だってこれ
オメエも
わかってのとおり
冤罪なんですよ?

アンリエットも
最初は終わったと
思いましたよ？
都合よく
でっちあげ
られた～！って
でも
様子を見て
いくうちに
そうじゃない
ってことも
わかりました
あと2，3日もすれば
解放されんじゃ
ねえですかね？
まぁ
爵位の扱いが
デリケートな
もんで
確実とは
言えねえですが

さすがに重罪となったら
侯爵家当主なんてやってられねえですしね
誤魔化したり隠したりするのも無理でしょうから
ワタシの爵位は剥奪されることになるかと思うです
そこに関しては特に疑問はないよ
もちろんアンリエットにとって重要なことなんだけど
それは他の人たちにとっても重要で
だからこそ便宜を図ろうとしてるように聞こえるし
事実そう言ってるですからね

まぁこの辺は帝国の事情なんですが…
ワタシが当主じゃなくなるってことは
自動的に叔父たちにすべての権限がいっちまうんです
んなことになるならリンクヴィスト家を潰しちまったほうがマシ
…なんですよ
そこまで？
自滅ならまだマシですが
間違いなく周囲を巻き込みながら激しく炎上させやがるですからね！

王国に戦争を吹っかけても不思議じゃねえですし
そんな人たちがどうして実権を？
ワタシが疎まれてるってことと
ワタシより叔父たちのほうが扱いやすい
…ってのが理由ですかね
万が一 叔父たちがやらかしそうになっても
当主権限でワタシが
叔父たちの動きを封じるって流れです

美味しいところだけは利用して
面倒はアンリエット任せってことか
そう!
その『オイシイ』を続けるには
ワタシが当主のままであることが重要なんですよ
てなわけで
なんとかワタシの爵位を奪わないで済むよう
帝国のお偉いさんは頭と屁理屈を捏ねくりまわしている最中です
皇帝暗殺の主犯ってことになってるのに?
まぁそこは
国を思いやって路線でいくんじゃないですか?

今代の皇帝は
帝国の悲願である大陸の統一を強引に進めていました
その結果戦争は歴代最多
多くの国と民を取り込みそれゆえ帝国内の混乱は今もどこかで起こっています
国の悲願でもあるので
表立って皇帝が批判されることはなかったですが
疲弊する者も多かったです
『このままでは帝国が保たないと肌で感じた』
とかなんとか釈明すれば
周囲からの同情を得やすいとは思いますね
そう言われると…

で
爵位を剥奪しない代わりに最前線に幽閉
…ってことになんじゃねぇですかね?
名目はともかく
実質なんの変わりもないってことか
そういうことです
それが一番混乱も憶測もなく
『皇帝暗殺事件』が穏便に終了する段取りです
アンリエットが都合よく嵌められたことには変わりないですけどね

難儀だなぁ
でも たしかに
話を聞いてると
『僕がどうして
ここに来たのか』
ってことには
なるか
そういう
ことです！
でも
会えて
よかったよ
っ！

君は元気そうだし
色々知れたし…
あでも最後にひとつだけ
ッ
アンリエットの叔父たちのことなんだけどさ
その人たちって子どもいるの？
CORONA EX コロナEX TObooks
続きはコミックス8巻でお楽しみください!

世界を正しい姿に
出来損ないと呼ばれた
元英雄は、
実家から
追放されたので
好き勝手に
生きる
ことにした
紅月シン
Shin Kouduki
イラスト：ちょこ庵
戻すためですよ、

アレン君。
新教皇に仕える
聖女リーズの思惑とは――
望まぬヒロイック・サーガ
第7巻！
Next Story 2024年春発売！

出来損ないと呼ばれた元英雄は、
実家から追放されたので好き勝手に生きることにした6

2023年11月1日　第1刷発行

著　者　紅月シン

発行者　本田武市

発行所　TOブックス
〒150-0002
東京都渋谷区渋谷三丁目1番1号　PMO渋谷Ⅱ　11階
TEL 0120-933-772(営業フリーダイヤル)
FAX 050-3156-0508

印刷・製本　中央精版印刷株式会社

ISBN978-4-86699-992-0